女人们的谈话
WOMEN TALKING

[加] 米莉亚姆·泰维兹 著
卢肖慧 译

湖南文艺出版社·长沙

MIRIAM TOEWS

献给玛吉

我记得那笑声

也献给艾略克

我们依然笑着[1]

---
[1] 原文为意大利文。

关于这部小说的说明

在玻利维亚有一个与世隔绝的门诺派[1]聚居区，名叫马尼托巴——沿用了加拿大一个省份的名字。2005年至2009年间，聚居区里的许多女孩和妇女早晨在晕眩和疼痛中醒来——她们夜间遭到强暴，身上留下青紫瘀伤，血流不止。强暴被归罪于鬼魂和恶魔。聚居区的一些成员认为，是神或撒旦使那些女人受苦遭难，作为对她们罪孽的惩罚；许多成员还责难那些女人，说她们是为了引人关注或掩盖奸情而撒谎；更有成员相信，所有一切皆出自放荡的女性幻想。

最终，实情败露——是聚居区中的八名男子用动物麻醉剂使受害者昏迷，而后施行强奸。2011年，这些男人在玻利维亚的一处法庭被定罪，判处长期监禁。2013年，当

---

1 门诺派（Mennonite），又名门诺会，是基督教新教派别之一，因其创建者荷兰人门诺·西门斯（Menno Simons，1496—1561）而得名。此派原为再洗礼派的一支，其中主张和平主义的信徒于1536年建立门诺会，至16世纪70年代，该会在荷兰取得合法地位。门诺会信徒遍布全球6大洲87个国家。在南、北美洲，有相当数量的门诺派聚居区。

i

这些有罪之人尚在狱中服刑时,据报道称,类似的强暴和其他性虐待行为仍在这一聚居区持续发生。

《女人们的谈话》既是通过虚构对真实事件的回应,也是对女性想象力的付诸实践。

——米莉亚姆·泰维兹

1.

2.

3.

女人们的谈话记录

本文所记录的是 2009 年 6 月 6 日和 7 日于摩洛齐纳聚居区举行的会议。由奥古斯特·艾普执笔。

与会者：

洛文家族女人
葛丽塔，年长者
玛瑞卡，葛丽塔的长女
梅耶尔，葛丽塔的女儿
奥婕，玛瑞卡的女儿

弗里森家族女人
艾格塔，年长者
欧娜，艾格塔的长女
莎乐美，艾格塔的女儿
妮婕，莎乐美的外甥女

目 录

六月六日　奥古斯特·艾普，会议之前　001

六月六日　女人们的谈话记录　021

六月六日　奥古斯特·艾普，会议之间的夜晚　153

六月七日　女人们的谈话记录　169

六月七日　奥古斯特·艾普，会议之后　241

六月六日

奥古斯特·艾普,会议之前

我叫奥古斯特·艾普——被指定为做笔录的人，记录女人们的会议谈话，因为女人们不识字，她们自己做不了记录，此外，我就与会议无关了。这些文字是会议记录，而我作为记录者（我是一名教师，每天也会要求学生们做笔记），我认为应当将自己的名字连同会议日期写在笔记的页首。欧娜·弗里森，也是摩洛齐纳聚居区的成员，就是这位女子问我是否愿意替她们做会议记录——虽说她没用"会议记录"这个词，只是问我是否愿意把会议内容写下来，建立一个书面文档。

昨天傍晚，我们站在她家屋舍和我住的棚屋之间的土路上，谈了这件事。七个月前回聚居区以来，我就一直寄宿在棚屋里。（据摩洛齐纳聚居区主教彼得斯的说法，棚屋是暂时的安排。"暂时"可以是任意长度的时间，因为彼得斯不拘囿于对日月、时辰的传统理解。我们在此地，或在天堂，是为了永恒，我们只需要知道这个。聚居区里的大房舍是给一家人住的，而我孤身一人，因此有可能永远住在这间棚屋里，对此我倒无所谓。棚屋大于囚室，住一个我和一匹马,够大了。)

欧娜和我躲着阴影说话。有一回,话说了半句,风掠起她的裙裾,我感觉那裙边轻轻拂过我的腿。随着阴影越拉越长,我们一次又一次地绕过影子,走进夕阳里,直到夕阳消失,然后欧娜笑出声来,朝落日挥动拳头,说它是背信弃义之徒,是懦夫。我努力寻思着,想向她解释半球的概念,解释我们如何必须与世界上的其他地方共享太阳,如果从外太空观察地球,一个人在一天之内可以看到多达十五次的日出与日落——还有,通过分享太阳,世人或许可以学会分享一切,懂得一切属于每一个人!然而,我却只是点了点头。是啊,太阳是懦夫。我也是。(我保持沉默还因为不久前,我就是因为过于相信我们可以分享一切而锒铛入狱的。)事实上,我讷于言辞,而不幸的是,未能表达出口的想法每时每刻都在折磨着我。

欧娜又笑了,她的笑声给了我勇气,我想问她,在她眼里,我是不是邪恶的化身,聚居区的人是不是都认为我是邪恶的;不是因为我蹲过监狱,而是因为很久以前发生的事,在我被监禁之前。然而我没有问,我只是答应做记录,当然了——除了答应,我别无选择,我愿意为欧娜·弗里森做任何事。

我问欧娜既然女人们不能阅读,她们又为何想把会议记录下来。欧娜,那个受"纳尔法"[1]折磨的人——就像我,我的名字"艾普"来自杨树,颤杨,一种叶子微颤的树,这种树有时被叫作妇人舌,因为它的树叶永远在颤动——跟我讲了下述故事作为回答。

一大早,她看见两只动物,一只松鼠和一只兔子。欧娜看到松鼠追兔子,全力猛冲。就在松鼠马上要扑到兔子的那一刻,兔子往空中一蹿,离地两三英尺。松鼠犯了糊涂(或欧娜这么认为),于是它掉转头,换一个方向朝兔子猛扑,结果兔子又在最后一秒高高跃起,避开了松鼠,松鼠再次扑了个空。

我挺喜欢这个故事,因为它是欧娜讲的,但我不明白她为什么要讲这个故事,也不明白这和会议记录有什么关系。

它们在玩耍!她告诉我。

是吗?我问她。

欧娜解释说,也许她本不该看见松鼠和兔子玩耍的。那是在清晨,那时辰只有欧娜一人在聚居区转悠,她头发

---

[1] 原文为 Narfa,在门诺会信徒的语言中,意为"神经质"。

松散地包在头巾里，裙裾零乱，一副可疑的模样——魔鬼的女儿，就如彼得斯给她起的名字那样。

可你确实看见了？我问她，那秘密的玩耍？

是啊，她说，我看见了，亲眼所见——在那一瞬间，讲着故事的瞬间，她的眼睛因兴奋而闪闪发亮。

※

会议由艾格塔·弗里森和葛丽塔·洛文匆促召集，为应对过去几年不停滋扰摩洛齐纳女人的异常袭击事件。自2005年以来，聚居区里几乎每一位女孩和妇女都遭到了强奸，很多居民相信那是鬼魂或撒旦对她们所犯罪孽的惩罚。袭击事件发生在夜间。当她们的家人熟睡时，这些女孩和妇女被喷上麻醉剂而失去知觉，所用的麻醉剂一般用于我们农庄的牲口，由颠茄制成。次日早上醒来时，她们会感到疼痛、昏沉，经常流血不止，却不明白是怎么回事。近来，八名施暴的"魔鬼"被证实是摩洛齐纳的男人，他们中许多人还是这些女子的近亲——兄弟，表兄弟，叔伯，侄子。

我对其中一个男人略有了解。我小时候和他一起玩过。他知道所有行星的名字，或是他编造出那些名字的也没准。他给我起的绰号是"弗佬"，在我们的语言里，那是"疑问"的意思。我记得，在跟随父母离开聚居区前，我曾想跟这个男孩说一声再见，可我母亲告诉我，他长了十二年的白齿正折磨着他，人又感染了病毒，只能待在卧室里。现在想来，我吃不准这番说辞是真是假。反正，我们离开前，不管是这个男孩还是聚居区的其他任何人，都没来道别。

其他施暴者都比我年轻得多，我随父母离开聚居区时，他们要么还没出生，要么就还是婴孩或学步小童，所以我不记得他们。

摩洛齐纳，和我们所有聚居区一样，是自主治安的。起初，彼得斯打算将这些男人关在一间棚屋里（就像我住的那间），关个几十年，但很快就发现，这些人性命难保。欧娜的妹妹莎乐美用一把长柄镰刀袭击了其中一个男人；而另一个男人被一伙酒醉、愤怒的聚居区成员（受害者的男性亲属）捆起双手，吊在树枝上。接着这帮愤怒的醉汉醉倒在树旁的高粱地里，显然忘了这人，他就这样吊着死掉了。这之后，彼得斯连同长老们，决定报警将这些男人抓起来——想必是为了保证他们的人身安全——抓进城去。

聚居区里其余的男人（除了年老体衰的，还有我，出于令人汗颜的原因）都进城去为这伙被监禁中的施暴者缴纳保证金，希望能让他们在等候审判期间返回摩洛齐纳。而当这帮施暴者返回时，摩洛齐纳的女人们会被给予机会宽恕这些男人，以保证每个人在天堂里都有一席之地。倘若女人们不宽恕这些男人，彼得斯说，她们就必须离开聚居区，去往她们一无所知的外部世界。女人们只有两天时间来决定她们如何答复。

欧娜告诉我，昨天，摩洛齐纳的女人们投了票。票上有三个选项：

1）什么都不做。
2）留下来抗争。
3）离开。

每个选项都附有一幅示意图，因为女人们不识字。（说明：一再指出女人们不识字并非有意——只是必须解释时才说起。）

妮婕·弗里森今年十六岁，是已故的米娜·弗里森的女儿，现在由她的姨母莎乐美·弗里森做她的长期监护人（妮婕的父亲巴尔塔萨几年前受彼得斯委派，去偏远的西南地带购买十二匹小马驹，至今未归），是她绘制了示意图：

"什么都不做"的图示是一条空旷的地平线。（虽然我觉得，这也可以用来示意"离开"的选项，但我没有说出来。）

"留下来抗争"的图示是两名聚居区成员在进行一场血腥的刀战。（被其他人认为过于暴力，但意指明确。）

而"离开"的图示是一匹马的背影。（我又一次觉得，但没有说出来，这也可以暗示女人们送别其他人。）

投票结果在第二和第三选项上僵持不下，血腥刀战和马的背影。弗里森家的大多数女人想要留下来抗争。而洛文家的女人倾向于离开，尽管两大阵营都存在有人改主意的迹象。

摩洛齐纳还有些女人投了"什么都不做"的票，把一切交到主的手里，但她们今天不出席会议。在投票给"什么都不做"的女人中，最敢说话的是疤脸扬泽，她是聚居区的忠实成员，当地的接骨师，并以一双能测距的神目闻名。她曾向我解释说，作为一名摩洛齐纳人，她拥有她想要的一切；她只要让自己相信她想要的很少就行了。

欧娜告诉我，莎乐美·弗里森是个难对付的反传统派，她在昨天的会议上表示，"什么都不做"实际上并不是一种选择，但允许女人们投票给"什么都不做"，至少是一种赋权。梅耶尔·洛文（在门诺低地德语里，"梅耶尔"的意思是"姑娘"），一个和善的烟鬼，有两只蜡黄的手指尖（我怀疑她有一段秘密人生），她表示赞成。不过，欧娜告诉我，梅耶尔同时也指出，莎乐美·弗里森并非受膏者[1]，因此没有资格断言现实是什么或选择有哪些。对此，洛文家的其他女人点头称是，而弗里森家的女人则不屑地挥手，表示不耐烦。这种小冲突很好地反映出两个群体——洛文家和弗里森家——之间辩论的调性。但是，由于时间紧迫，急需做出决定，摩洛齐纳的女人们一致同意让这两个家族就每个选项的利弊进行辩论——除了"什么都不做"，因为聚居区的大多数女人认为这个选项"愚蠢"——决定哪个合适，最后商议如何最妥善地实施选定的方案。

---

[1] "受膏者"是指接受神圣任命或委任的人。在宗教仪式中，受膏者会被用油或香油抹在头上，这象征着他们接受了某个职位或任务，通常是神所赋予的职分，例如《旧约》中的君王、祭司、先知。

有关翻译的说明：女人们说的是门诺低地德语，又称低地德语，这是她们唯一会说的语言，也是摩洛齐纳聚居区所有成员都会说的语言——尽管摩洛齐纳的男孩们现在在学校里学习初级英语，男人们也会说一些西班牙语。门诺低地德语是一种没有文字形式的中世纪语言，濒临灭绝，是德语、荷兰语、波美拉尼亚语和弗里西亚语的混合体。世界上很少有人会说门诺低地德语，会说这门语言的都是门诺会信徒。我提到这一点是为了说明，在做会议记录之前，我必须（在脑子里迅速地）把女人们所说的话转译成英语，才能写下来。

还有一点说明，也与女人们的辩论无关，但有必要在本文中交代我为什么能够读、写和领会英语：我是在英格兰学的英语，我的父母在被当时的摩洛齐纳主教老彼得斯，也就是现任摩洛齐纳主教彼得斯的父亲逐出教会之后，就去了英格兰生活。

在那里读到大学四年级时，我经历过一次精神崩溃（纳尔法），继而卷入了某些政治活动，最终被逐出校门，蹲了一阵子牢房。在被监禁期间，我的母亲过世了。我的父亲早在几年前就已失踪。我没有兄弟姐妹，因为我一出生，我母亲的子宫就跟着被摘除了。简单来说，我在英格兰举目无亲、一无所有，尽管我设法在服刑期间通过函授取得了我的教育学学位。在走投无路、无家可归、心智半疯——或全疯——的情况下，我做出了自杀的决定。

我在公共图书馆研究可能的自杀方法时睡着了（那所图书馆离我露宿的公园最近）。我睡了很长时间，最后被图书馆馆员轻轻推醒，她告诉我该走了，图书馆要关门了。这时，那位年长的女馆员留意到我哭过，而且看起来蓬头垢面、心烦意乱。她问我发生了什么事。我把实情告诉了她：我不想活了。她提出带我去吃晚餐。当我们在图书馆对街的小餐馆里用餐时，她问我从哪里来，世界上的哪个地方。

我回答说我来自某个被建构成独立世界的地方，在这个世界之外。我告诉她，从某种意义上来说，我的同胞（记得我说出"我的同胞"这个词时语带讽刺，然后我马上感到愧疚，在心里祈求宽恕）并不存在，或至少该被视为不存在。

也许用不了太长时间，你就会相信你真的不存在，她说，或者说，你血肉之躯的存在是有悖常理的。

我吃不准她说的是什么意思，一个劲地挠着头皮，像只长了虱子的狗。

后来呢？她问。

后来短暂地上了大学，然后进了监狱，我告诉她。

啊，她说，也许这两者并不相斥。

我傻笑。我闯进这个世界的结果，是被这个世界清除，我说。

就像你被生下来，却不是为了存在，她说着，笑了起来。

独独被挑中了。是啊，我说着，试图和她一起笑。生来就为了不存在。

我想象哇哇啼哭的自己被从母亲的子宫里取出，之后子宫本身也被一把拽出，扔到窗外，以防止再发生类似可憎的事——这次分娩，这个男孩，他的裸体，她的耻辱，他的耻辱，他们的耻辱。

我告诉图书馆馆员，很难说清楚我从哪里来。

我遇见一名来自古国的旅人[1]，图书馆馆员说，显然在引用一位她熟悉且喜欢的诗人。

我又吃不准她是什么意思了，但我点点头。我解释说，我原先是摩洛齐纳聚居区的一名门诺会信徒，我十二

1　出自雪莱的诗《埃及的奥兹曼迪亚斯》(*Ozymandias of Egypt*)。

岁时，父母被逐出教会，我们搬到了英格兰。没有人同我们道别，我告诉图书馆馆员（我这辈子都会为说出这么可悲的事而感到屈辱）。多年来我一直认为，我们被迫离开摩洛齐纳，是因为我被逮到偷邻近的克沃提查聚居区一座农场的梨子。在英格兰，我学会了读和写，我在一大片绿色的田野里用石头拼写自己的名字，好让神快些找到我，惩罚我。我还试图用院墙上的石块拼写"忏悔"一词，但母亲莫尼加已经留意到，我家花园和邻居家花园之间的石墙正在消失。有一天，她沿着小推车在泥土上碾出来的细窄辙印，跟踪我到了那片绿色田野，撞见我正用院墙上的石块拼写巨大的字母，以此向神发出定位信号，表示忏悔。她让我坐在地上，双臂环住我，什么都没说。过了半晌，她告诉我院墙得垒回去。我问可不可以等神找到我、惩罚我之后再垒回去。我因为期待被惩罚而筋疲力尽，只希望这事快点了结。她问我为什么觉得神要惩罚我，我告诉了她关于梨子的事，关于我对女孩的想法，关于我画的画，还有我想要在体育比赛上当赢家、变得强壮的愿望。我是多么虚荣、好胜和好色啊。我母亲大笑起来，之后又拥抱了我，为她刚才的大笑而抱歉。她说我是个正常的男孩，我是神——一个慈爱的神，不管别人怎么说——的孩子，不过邻居会对消失的院墙感到不安，所以我得把石头垒回去。

我把这一切都告诉了图书馆馆员。

她回答说，她能理解我母亲为什么会那样说，可如果她在场，如果她是我的母亲，她会说些别的。她会告诉我，我并不正常——我是无辜的，是的，尽管我没做任何错事，我却异常渴望得到宽恕。我们中的大多数人，她说，通过感伤过去来逃避自己应做出改变的责任。如此一来，我们就活得自在了、幸福了，即便不是完全幸福，至少不会有巨大的痛苦。图书馆馆员笑了。她说假如是她和我一起在那片绿色田野上，她会帮助我获得被宽恕的感受。

可是，到底宽恕什么呢？我问她，偷梨子？画裸体女孩？

不，不，图书馆馆员说，宽恕活着，宽恕存在于这个世界上。宽恕生命持续不休的傲慢与徒劳，它的荒谬，它的浊臭，它的无理性。这就是你的感觉，她又加了一句，你的内在逻辑。你刚才已经解释给我听了。

她又继续说，在她看来，怀疑、不确定、困惑，与信仰是密不可分的。这是一种丰富的存在，她说，一种活在世界上的方式，你说是不是？

我笑了，挠了挠头。世界，我说。

关于摩洛齐纳，你还记得什么？

欧娜，我说，欧娜·弗里森。

于是，我开始跟她说起欧娜·弗里森，一个与我年纪相仿的女孩，也是如今开口让我做会议记录的女子。

我和图书馆馆员谈了很久，其间我说的，尽管不全是，但大部分都关于欧娜——我们如何玩耍，如何根据光影长短的细微差异来推测季节；如何假装成叛逆的门徒，起初被领袖耶稣误解，死后又被追奉为英雄；如何骑在马上用篱笆竿子比剑习武（全力猛冲，像骑士，像欧娜的松鼠和兔子）；如何接吻；如何打架——图书馆馆员建议我返回摩洛齐纳，回到那个曾让我感受到生命意义的地方，即便那感受为时短暂，即便是在残阳下的假想游戏中；并建议我请求主教（小彼得斯，他和我母亲年纪一样）接纳我成为聚居区的一员。（我没有告诉图书馆馆员，这也意味着请求彼得斯宽恕我父母的罪过，那罪过与藏匿、散布和宣传知识材料有关，尽管这些材料只是我父亲在城里一所学校后面的垃圾堆里发现的一些艺术书和油画照片，尽管由于他读不懂文字，所以他只是和聚居区的其他成员分享了这些图片。)她还建议我提出教摩洛齐纳的男孩们英语,一种他们在聚居区外做生意时派得上用场的语言。她还说,我应当和欧娜·弗里森再次成为朋友。

我没有什么可失去的。我把这番忠告记在心里。

图书馆馆员让她丈夫给了我一份差事,替他的机场接送服务做司机,尽管没有正经驾照,我还是为他工作了三个月,挣到的钱足够买一张回摩洛齐纳的机票。在此期间,我就睡在一家青年旅舍的阁楼里。夜间,每当感到头胀欲裂,我都会强迫自己尽量一动不动地躺着。每晚静躺在旅舍的床上,我闭上眼,就会听见若有若无的钢琴声,无人声伴唱的沉重和弦。一天早晨,我问清扫旅舍的男人——他也睡在那里——他有没有在夜里听见带有沉重和弦的微弱钢琴声。他说没有,从没听见过。最终,我明白了,夜里我头胀欲裂时听见的那首歌,是赞美诗《你的信实广大》。我是在聆听自己的葬礼。

那个穿着他父亲曾经穿过的——或至少类似的——高筒黑靴的彼得斯,考虑了我重新加入聚居区的请求。最后他说,只要我在长老们面前与我父母(尽管一个已死,一个失踪)脱离关系,受洗入教,并答应教男孩们基础的英语和简单的数学,以换取住宿(前面提到的棚屋)和一日三餐，他就准许我成为聚居区的一员。

我告诉彼得斯我会受洗，我会教男孩们，但我不会不认我的父母。彼得斯不悦，但急着想让男孩们学习会计，又或许是我的长相叫他心神不宁，因为我长得很像我父亲，所以他同意了。

※

2008年春天我到此地时，关于神秘的夜间侵犯，只有一些风传，只言片语的风传。我的学生科尼利厄斯写了一首名为《晾衣绳》的小诗，他在诗里描述晾在他母亲晾衣绳上的被单和衣裳会出声，会彼此说话，还会向其他晾衣绳上的衣裳传送消息。他把这首诗读给全班听，所有男孩都哈哈大笑。屋舍和屋舍离得那么远，屋里屋外都没有电灯。入夜，这些屋舍就像一座座小小的墓穴。

那天下午，我在回自己棚屋的路上望见摩洛齐纳的一挂挂晾衣绳，我望见在风里飘动着的女人的连衣裙、男人的工作服，还有床单、被褥和毛巾。我仔细听，却听不清它们在说什么。现在想来，也许是因为它们并不是在跟我说话。它们在彼此交谈。

我来到这里后的那年，女人们开口说了她们一直在做的梦，事情逐渐明朗，她们终于开始明白，她们是在集体做同一个梦，而那根本不是梦。

今天齐聚参会的弗里森家和洛文家的女人分别代表了各家的三代人，她们都是袭击事件的重复受害者。我做了一些简单的计算。在2005年到2009年之间，总共有三百多名摩洛齐纳的女孩和妇女在她们自己的床上被弄昏并遭到强暴。平均每三到四天就会发生一起袭击事件。

最终，蕾赛尔·纽斯塔德强迫自己保持清醒，一夜接一夜地守着，直到她捉住一名年轻男子撬开她卧室的窗户，手里还拿着一罐颠茄喷剂。蕾赛尔和她成年的女儿把这名男子扭倒在地，用捆扎绳将他绑起来。那天早晨晚些时候，彼得斯被带到房子里与这个名叫葛哈德·谢伦伯格的年轻人对质，葛哈德供出了参与袭击的其他七人的名字。

几乎所有摩洛齐纳聚居区的女性都被这八人团伙侵犯过，但大多数人（除了年幼不懂事的小女孩，以及由疤脸扬泽领头的、已经选择履行"什么都不做"的女人们）都在她们的名字旁画了"×"，表示她们安于（许多人乐于）不参加探讨如何答复的会议。相反，她们会通过照管各种家事农务来为聚居区造福，眼下男人们都出门了，这些事务变得更加繁杂，哪怕扔下一天不管，都会导致混乱，尤其是挤奶和喂动物。

洛文家和弗里森家年纪最轻、动作最麻利的两个女人，奥婕和妮婕，已经同意等到一天结束，待大家都各自回家后，向聚居区的其他女人提供口头报告。

今天早上，我们安静地聚集到谷仓上层的干草顶阁[1]里。眼下，我正等着做欧娜交代给我的事情。

---

[1] 储藏干草料的棚子，通常在谷仓的顶部，相当于阁楼。

六月六日

女人们的谈话记录

我们从互相洗脚开始。这会花点儿时间。我们每个人替坐在我们右侧的人洗脚。提议洗脚的是艾格塔·弗里森（欧娜·弗里森和莎乐美·弗里森的母亲）。她说，这会是一个得体的象征行为，表示我们彼此侍奉，正如耶稣知道自己大限将至，在最后的晚餐上替他的门徒洗脚一样。

八位女人中，有四人穿着塑料凉鞋配白袜；两人穿着结实、磨损的皮鞋（其中一人的鞋侧面被切开，以缓解拇囊炎的痛）配白袜；另外两个最年轻的，穿着破旧的帆布运动鞋配白袜。摩洛齐纳的女人是袜不离脚的，而且似乎有个规矩：袜子的上端必须够到裙裾。

两个最年轻的女人，奥婕和妮婕，也就是穿运动鞋的那两个，反叛地（新潮地）把袜筒往下翻，卷作一团面圈模样环住脚踝。那儿，在卷起的袜筒和裙裾之间，看得到一截几英寸长的光裸肌肤，上面有斑斑点点的虫咬痕迹（大概是黑蝇和恙螨），还隐约可见绳勒或刀割的伤痕。同为十六岁的奥婕和妮婕在洗脚时很难保持一脸严肃，她们彼此嘀咕着说洗脚好痒，当她们想要像她们的母亲、姨母和外祖母那样在洗脚后彼此庄重地道一声"愿神保佑你"时,差一点咯咯笑出声来。

※

洛文家最年长的女人,葛丽塔·洛文(尽管她是从潘纳家嫁过来的)开始说话。当说到她的马儿,露丝和雪莉时,她流露出一种深沉而忧郁的庄严。她说,露丝(盲了一只眼,必须一直被拴在雪莉的左侧)和雪莉在通往教堂的一英里路上,受到杜克家一只或几只罗威纳犬的惊吓后,它们本能的反应是脱缰逃跑。

这事我们有目共睹,她说。(说完这些简短的陈述句,葛丽塔习惯性地抬起双臂,点一下头,瞪大眼睛,好像在说:这是事实,你们要跟我争辩吗?)

葛丽塔解释说,那些马儿被杜克家的笨狗吓了一跳之后,可不会召集会议来决定它们的下一步行动。它们撒腿就逃。这样一跑,也就躲开了狗和潜在的伤害。

弗里森家最年长的女人,艾格塔·弗里森(尽管她是从洛文家嫁过来的)像往常那样富有感染力地笑起来,表示同意。不过葛丽塔,她指出,我们不是动物。

葛丽塔回答说，既然我们像动物一样被捕猎，也许我们就该像它们那样反应。

你的意思是说我们应该逃跑？欧娜问。

还是宰了强暴我们的人？莎乐美问。

（葛丽塔的大女儿玛瑞卡，之前一直沉默不语，此刻发出轻轻一声哂笑。）

说明：就像我先前提到过的，莎乐美·弗里森举着一把长柄镰刀对施暴者动过武，于是施暴者得到彼得斯和长老们的火速营救，警察也被叫到了聚居区。这是摩洛齐纳历史上绝无仅有的一次"叫警察"。为了保护施暴者，他们被带到了城里。

那之后，莎乐美请求彼得斯和长老们宽恕自己的贸然之举，但即便如此，她还是压抑不住怒火。她的眼神从未平静。即便有一天，莎乐美像俗话说的"女人耗尽卵子"一样词穷，我相信她仍有能力传达，并对她因遭受种种不公而生发的不同情绪都赋予生命，令人畏惧的生命。莎乐美无"内视"之眼，无慎独之乐[1]。她不彷徨。她也不孤独。她的外甥女妮婕现在由她照管，但因为妮婕习惯了已

---

[1] 引自威廉·华兹华斯所作诗歌《我孤独地漫游，像一朵云》中的诗句："They flash upon that inward eye / Which is the bliss of solitude"。

故母亲米娜温婉的风格,所以与莎乐美保持着距离。妮婕一个劲地在纸上画啊画,或许是想用坚实而沉默的线条来平衡她姨母狂放如火山岩浆般喷涌而出的话语。(除了她的绘画技能,我还听说妮婕是摩洛齐纳最近一次"知多少"大赛的冠军,她能估测出任何指定的容器中装多少分量的面粉或盐或猪油,才能让东西和空间两不浪费。)

艾格塔·弗里森并不为莎乐美的爆发所动(她已经引用了《传道书》,把莎乐美的脾气形容为"太阳底下无新事,就如风自北方来,百川归大海"如此这般。对此,莎乐美回敬说,请不要把她的见解归于老掉牙的《旧约》论题;再说了,女人把自己比作动物、风、大海之类,不是很荒谬吗?从某个人身上我们能够照见自身,难道不存在这样的人类范例吗?对此,梅耶尔点起一支烟来,回应道,是的,我也想那样,可是什么人?在哪里?),她说,她这辈子马儿看得多了,好吧,也许不是露丝和雪莉——鉴于葛丽塔对她的马儿的高度评价——但其他马儿,在狗、郊狼或豹子冲向它们时,会试图迎战这野兽甚至将这野兽踩死。所以说,遇上袭击者,动物并不总是一逃了之。

葛丽塔承认这一点,不错,动物这样的行为她也见过。她又开始讲起露丝和雪莉,但艾格塔快速打断了她的话头。

艾格塔告诉众人,她也有她的动物故事,故事的主角也是杜克家的罗威纳犬。她语速很快,常常用压低的、戏剧化的声音插入旁白以及不着边际的话。

我无法听清或跟上每一个细节,但我会尝试在这里用她的口吻,尽可能准确地转述这个故事。

杜克的院子里有浣熊,这事让杜克烦恼了很久,当最肥的一只浣熊突然生下六只小浣熊时,杜克真的再也受不了了。他光火透顶,叫他的罗威纳犬去弄死它们,狗就去了。浣熊妈妈大吃一惊,想要帮她的孩子从狗牙下逃生,可狗已经杀死了三只小浣熊,浣熊妈妈只能救下另外三只。她带着这些孩子离开了杜克家的院子。杜克对此很满意。他喝着速溶咖啡,心想,感谢神,从此再没浣熊喽。可没过几天,他往自家院子一望,只见三只小浣熊端坐在那里,顿时火从心头起。他又唆使他的罗威纳犬去攻击并杀死它们。可这回浣熊妈妈正等着狗呢,当狗朝小浣熊冲过去时,浣熊妈妈从一棵树上跳到它身上,咬住了它的脖子和肚皮,接着使出浑身解数,把它拽进灌木丛。杜克又是气恼又是伤心。他要找回他的狗。他钻进灌木丛去找狗，找了两天也没找到。他哭了。当他沮丧地走回家时，狗的一条腿和狗头正横陈在家门口。眼窝里空空如也。

大家对艾格塔的故事反应不一。葛丽塔双手举过头，向其他的女人发问：我们该怎么看这个故事呢？难道我们要把最不堪一击的聚居区成员暴露在那里，等着再次被袭击，用这种方法引诱男人们来送死，然后把他们大卸八块，送去我们聚居区主教彼得斯的家门口？

这个故事要证明的是动物会反击也会跑掉，艾格塔说。所以，无论我们是不是动物，或我们是不是被当作动物对待，或即使我们能够知道上述问题的答案，都无所谓。（她尽可能地将氧气吸进肺里，然后将它们连同下一句话一起吐出来。）总之，在男人们很快就要从城里回来的情况下，试图确定我们到底是不是动物就是浪费时间。

玛瑞卡·洛文举起了手。她的其中一根手指，左手食指，从指关节处被咬掉了。它只有旁边中指的一半长。她主张，在她看来，更重要的问题，不是女人是不是动物，而是女人应不应该为她们所遭受的伤害报仇，还是她们应当宽恕那些男人，这样一来就能被允许上天堂？如果我们不宽恕这些男人，并/或不接受他们的道歉，她说，那我们就会被迫离开聚居区，而在被逐出教会的过程中，我们将丧失在天堂的位置。（说明：根据摩洛齐纳的规定，这是真的，我知道。）

玛瑞卡见我瞅着她，就问我有没有把她的话写下来。

我点点头，是的，我正在写。

满意之余，玛瑞卡向其他人提出了一个有关"被提"[1]的问题。如果我们不在摩洛齐纳，主登临时，他怎么找到我们呢？

莎乐美不屑地打断了她。她用一种嘲弄的口吻解释说，如果耶稣能起死回生，活上几千年，然后从天而降，把追随他的人接走，想必他也一定能找到几个女人，她们——

这时她的母亲艾格塔飞快地做了一个手势，止住了莎乐美的话头。我们回头再来谈这个问题，艾格塔和气地说。

玛瑞卡的目光迅速在屋里扫视了一圈，或许是在寻找对这个话题同样感兴趣的人，能与她分担恐惧的人。其他人都把目光移开了。

莎乐美嘀咕道：可如果我们是动物，或哪怕像动物，

---

[1] "被提"是一些基督徒所持有的末世论立场，通常指在基督第二次降临时，所有信徒都会被提到（即"被提"），升到空中与主相遇。

怕是无论如何也没机会进入天堂的——（她站起来走到窗前）——除非动物被准许入内。可那没有道理，因为动物为我们提供食物和劳动力，而我们在天堂里不需要这些东西。所以，也许门诺派的女人终究不会被允许进入天堂，因为我们被归为动物一类，在那里不需要我们，那里向来就是啦啦啦啦……她用歌曲音节唱完了她的话。

除了她姐姐欧娜，其余女人都不理会她。欧娜则鼓励而赞许地浅浅一笑，尽管这个笑也可以起到制止莎乐美发言的作用——无声地请求她停下来。（弗里森家的女人们为了让莎乐美安静下来，已经发展出一套基本有效的手势和面部表情系统。）

现在欧娜开始说话了。她想起两天前做的一个梦：她在自家屋后的泥土里找见一粒硬糖，她捡起它，拿到厨房里准备洗洗吃了。还没来得及洗，就有一头两百磅的特大猪猡向她拱来，纠缠她。她尖叫道：把猪猡从我身上弄走！可它把她抵在墙上，让她动弹不得。

无稽之谈，玛瑞卡说，我们摩洛齐纳可没有硬糖。

艾格塔伸手碰了碰欧娜的手。你可以回头再跟我们讲你的梦，她说，等会议结束后。

这时，几个女人同时开口说，她们无法宽恕那些男人。

正是,玛瑞卡说。她言简意赅,又一次肯定了自己:不过我们也希望死后可以入天堂。

没有人对此有异见。

玛瑞卡接着说:那么我们就不该把自己置于一个不幸的处境,在其中我们只能被迫选择宽恕和永生。

那是什么处境呢?欧娜·弗里森问。

就是留下来抗争,玛瑞卡说,因为抗争中我们会输给男人们,而且我们会违逆和平主义的誓言,犯下叛乱罪,最终陷入更深的顺从和脆弱之中。再说,如果我们想要神宽恕我们,接纳我们进入他的王国,我们不管怎样都会被迫原谅那些男人的。

但是被强迫的宽恕是真正的宽恕吗?欧娜·弗里森问,和简单的不宽恕比起来,用嘴而不用心的假宽恕难道不是更严重的罪过吗?为什么就不能有一种只由神决定的宽恕,它包括是否宽恕对孩子施暴的行为,因为这对孩子的父母来说,是绝不可饶恕的,而神,以他的智慧,完全承担起这种宽恕的责任?

你是说,神会允许自己孩子被侵犯了的父母将仇恨埋藏在心里,哪怕那仇恨只有一丁点儿大?莎乐美问,就为了活下去?

一丁点儿仇恨?梅耶尔问道,这太荒唐了。仇恨的种子会由小变大——

这不荒唐,莎乐美说,极少量的仇恨是活下去的必要养分。

活下去?梅耶尔说,你的意思是发动战争吧。我可注意到了你在砍杀时有多兴奋。

莎乐美翻了翻白眼,说:不是发动战争,是生存。我们别把它叫作仇恨——

哦,你更乐意叫它"养分"吧,梅耶尔说。

碰上我杀猪时,猪崽越小,我砍得越猛,莎乐美说,因为比起用不温不火的刀子折磨它,猛地一下杀了它来得更仁慈,按你的办法……

我没有在说杀猪,梅耶尔说。

这边还在对话,玛瑞卡的女儿奥婕开始攀着椽架荡起秋千,像一个人形钟摆,晃上晃下之间,她的脚踢到干草捆,把草踢散了,有一根干草落在莎乐美的头发上。梅耶尔往上瞧,叫奥婕规矩点儿,难道没听见椽子吱吱作响,她打算让屋顶塌下来不成?(我寻思,也许她是这么打算的。)

梅耶尔伸手去拿烟草袋，却没有卷烟，只是将手轻轻搁在烟草袋上，好像那是一辆空转着的逃亡汽车的排挡杆，她等待着，知道需要时它就在那里，因为她的手抚着它。

莎乐美不知道头发上沾着干草。干草插在她的耳朵上方，就像图书馆馆员的 2 号铅笔。

静了片刻之后，葛丽塔回到欧娜的问题上。也许，是的，这种宽恕存在，她慢慢地说，只是这种由神全权负责的宽恕在《圣经》里不见先例啊。

一则对欧娜·弗里森的简要观察：在这些女人中，欧娜是与众不同的，她把她的头发松松地往后绾，而不是用一种貌似原始的工具粗钝地梳起来。在聚居区大多数成员的眼里，她性格温和，在现实世界中却不大中用（尽管在摩洛齐纳，"现实世界"这种说法是混淆视听）。她是个老姑娘。她的想法和言语在大伙儿看来毫无意义，所以她被给予了一种畅所欲言的自由，但这并没有让她躲过一次又一次的强暴。她是个好下手的袭击目标，因为她独自睡在一个房间里，而不是和丈夫一起。她没有丈夫。看起来她也并不想要。

早些时候她声明：当我们解放了自己时，我们将不得不自问我们是谁。现在她问：这样说是不是确切，即此刻我们女人是在自问，什么是我们的头等大事，什么是对的——保护我们的孩子，还是进入天国？

梅耶尔·洛文说，不，这样说不确切。夸大了讨论的正题。（她的手仍紧紧握着烟草袋。）

那么，讨论的正题到底是什么呢？欧娜问。

欧娜的母亲（也是梅耶尔的姨母），艾格塔·弗里森给了个回答。她说：等上了那座桥，我们就会把它烧掉[1]（为了活跃讨论的气氛，故意混用英语里的说法）。而欧娜宽纵她的母亲，就如她待她妹妹那样，欧娜乐于顺其自然。

我必须在此记下一笔：葛丽塔·洛文的眼睛正一睁一闭地眨着，眼泪不时顺着她的脸颊滚落。她说，她没哭，而是在润肤呢。妮婕·弗里森和奥婕·洛文（她已停止在椽架上荡秋千）在椅子上坐立不安，她俩将手藏在桌下，漫不经心地玩着某种拍巴掌游戏。

我提议休会片刻，女人们表示赞成。

艾格塔·弗里森建议我们在散会前唱一首赞美诗，其

---

[1] 此处为两句英语谚语的混用：cross that bridge when one comes to it（船到桥头自然直）和 burn one's bridge（过河拆桥）。

他人（奥婕和妮婕除外，一想到要集体唱歌，她俩就面露惧色）表示同意。女人们手牵手，唱起《黑夜将临快做工》。欧娜·弗里森唱和声，唱得如痴如醉。赞美诗的第一段如下：

> 黑夜将临快做工，做工当趁早晨；
> 朝露闪耀花放时，做工要辛勤；
> 白日太阳放光明，做工努力不停；
> 黑夜将临快做工，夜临工当成。

女人们继续唱第二、第三段赞美诗，奥婕和妮婕唱不出，皱着脸。

葛丽塔·洛文拍拍奥婕的手，沉住气。葛丽塔的指关节一粒粒鼓突，像球形把手，像开裂地表上的小沙丘。她的假牙对她的嘴来说太大了，戴着难受。她把它取出来，搁在夹板上。假牙是一个好心的旅人给她的，那人听说女人们遭受强暴的事后，带着一只急救包直奔摩洛齐纳。

当葛丽塔高声哭喊时，施暴者发狠劲捂住她的嘴，把那满口又老又脆的牙几乎都压碎成了粉末。给葛丽塔假牙的那位旅人由彼得斯亲自护送出了摩洛齐纳，随后彼得斯禁止外来援助者再踏进聚居区一步。

赞美诗唱完。女人们散去。

※

说明：莎乐美早些时候离开了，她气呼呼地走了，就在欧娜问女人们是否在讨论什么才是正确的——保护孩子还是进入天国，以及两者是否不能同时做到之后。当时我来不及记下她离去的细节。

莎乐美离去时，艾格塔温和地笑了，她告诉大家别担心，她女儿会回来的，让她消消气，随她去，让她去看一眼她的孩子们，米帕和阿伦。那会让她平静下来的。

当关系到她的孩子时，莎乐美的耐心和容忍是无止境的，但在聚居区，她却以斗士和煽动者闻名。她对权威并不恭顺，还常为一点鸡毛蒜皮的小事和聚居区其他成员展开意志的较量。比如，有一次她藏起了食堂的铃铛，还声称自己忘了藏在哪里，这都是因为她对一天三次叮叮当当的"该死"铃声感到不满，尤其是讨厌莎拉·N把铃摇个不停的那副神气活现的劲儿，完全没必要。（别告诉我该什么时候吃饭！莎乐美大叫。）她还在一次瓢泼大雨中把彼得斯攒雨水的桶翻了个底朝天，叫嚣着说他那么纯洁哪用得着水洗，不是吗？难道不是吗？！

我倒是奇怪她怎么还没有被逐出教会。是不是她的小规模反叛行为提供了针对彼得斯的无伤大雅的泄愤出口，被视为一种表演，这种表演满足了聚居区成员坚持自我主张的需要，而那反倒让彼得斯在更重大的事情上逃脱了惩罚？

另一点说明：欧娜离开干草顶阁时，我设法告诉她，我喜欢她的梦，那个关于猪猡的梦。她笑了起来。然后我鼓起勇气告诉了她一件事。

你知道吗，我对欧娜说（此刻她正顺着梯子往下爬，还在笑着，她是最后一个离开阁楼的人），猪猡因为身体条件的局限，是不可能抬头看天的。

话音刚落的瞬间，欧娜从梯子上抬头看向我。

像这样吗？她说。

这让我忍俊不禁。欧娜满意地离开了。

她将是那个仰视天空的人，我想。这就是她梦中的猪猡把她抵在墙上不许她动的原因。可我又想，这怎么可能呢？不管是清醒着还是睡着了，欧娜都对猪的身体局限一无所知；那么我对欧娜梦境的解释又怎么可能准确呢？

037

在英格兰的牢房（旺兹沃斯监狱）里，我和狱友们会一起玩游戏。我最爱玩的游戏名叫"你更喜欢什么"。当你知道你即将死去时，你是情愿就这样活上一年、一天、一分钟，还是干脆不想活了？答案：以上选项都不是。

在监狱里，我曾错误地告诉我的狱友们，鸭子的叫声（以及看到它圆圆扁扁的鸭喙）会让我感到快活和安慰。这些话多么愚蠢，引发了很多罪恶行为。从此，我学会了把许多想法都埋在心底。

※

我们重新集会。而我有些难堪。

休会期间，我在外面的水泵旁遇见了年轻的奥婕。一开始我们彼此无言。她使劲泵水，我盯着地面。

等她灌满水桶，我清了清嗓子，对她说，第二次世界大战期间，在意大利，尤其是在都灵，当然许多其他的地方也一样，平民们会躲在防空洞里。这些平民往往因为参加抵抗运动而被杀掉，我补充说。

奥婕悄悄慢慢地往后退去，边微笑，边点头。

真的，我也边点头边笑着说，在这些防空洞里，发电机需要志愿者踩自行车来提供动力。当她在橡架上荡秋千时，她的活力让我想到这件事，想到那些靠踩自行车来发电的志愿者。我告诉奥婕，如果我们在防空洞里，她会是再合适不过的志愿者。

奥婕（合乎逻辑地）问我，如果我们在那样一个封闭的空间里，她能把自行车踩到哪里去。

啊是的，我说，好吧，自行车是固定的。

奥婕笑了笑，似乎思索了一两秒钟。然后她提醒我，她得把水给小马驹送去。不过，她先向我演示了她是如何把水桶抡圆却滴水不洒的。我尴尬地笑了。接着她就朝马群那儿跑去。

我傻乎乎地冲她的背影，冲她离去时扬起的一片尘土挥手。我站在泥地里，衬衫的下摆拍打着，像一只荒唐可笑的不会飞的鸟。我为什么非要提到抵抗运动，提到平民因为反抗而被杀害？我恍然明白，我方才的话暗示了，她也许会被处死。

我想去追奥婕，为吓到她而道歉——可那样会把她吓得更厉害。或许我的话在她听来就像在我自己听来一样可笑，这让我稍感安慰。

莎乐美回来了，她的眼睛现在就像两颗小行星。摧毁地球的小行星。(也许她并没有去看她的孩子。我不敢直接问她。)

既然我们第一程会议是以唱赞美诗告一段落的,我对女人们说,如果我提供一条可以作为比喻或启迪的信息来开始下一程会议,大家接受吗?

女人们表示同意,虽然在我说话的时候,玛瑞卡皱着眉头走到窗边,往外张望。

我向女人们表示了感谢,并首先提醒她们,我们摩洛齐纳的门诺会信徒,是从黑海不远万里来到这片土地上安顿下来的。几个世纪以来,我们的成员一直在敖德萨附近的黑海沿岸繁衍生息,在开始遭到屠戮之前,我们一直过得和睦而快乐。我要说的信息是,黑海的深层海水和从空气中汲取氧气的上层海水互不相容,导致深层海水缺少氧气,这意味着深层海水中没有生命。缺氧的环境保留了保存得出奇完好的化石,在这些化石上可以看到动物软组织的印记。但这些生命又来自哪里?黑海没有涨潮落潮,因此海面总是平和安静。然而科学家们相信,在水下,在那生命不宜栖息的黑海海底,有一条河,一条能够维持生命的神秘河流。但这些科学家无法证实这一点。

女人们对这条启发性信息的反应,再一次,不尽相同——沉默是最常见的反应。欧娜·弗里森对我表示感谢,大家都知道,她非常重视信息。欧娜说起话来,总在一句话结束时急促地吸进一口气,好像在试图收回那句话,好像她方才出口的话让她吃了一惊。

一直背对我们站着的玛瑞卡·洛文,现在转过身,从窗前走开。

她问我:你这是在暗示,女人们应该留在摩洛齐纳,而不是离开?暗示黑海的"上层"代表聚居区的男人而"下层"代表女人,女人即便处在男人不人道的重压之下,也会以某种神秘的方式茁壮成长?

造成这样的误解全都怪我,我说,但我只是想以某种方式传达,即使在看似毫无希望的情况下,生活和生存仍是可能的。

我的本意是鼓舞人心,我说。

玛瑞卡提醒我说,女人们让我替她们的会议做记录,只是因为我能译会写,我大可不必觉得有义务提供启迪性的辅导[1]服务。

莎乐美·弗里森立即向玛瑞卡提出,她的反应欠妥。

---

[1] 基督教辅导是一种通过结合神学概念将传统谈话治疗与基督教信仰实践相结合的治疗方法。它重点关注基督徒遇到的精神问题和日常生活中的挣扎。

于是梅耶尔·洛文再一次提醒莎乐美,她没有被授予裁断什么妥当什么不妥的特殊权力。

也许我被授予了呢,莎乐美说。

被谁?梅耶尔问,彼得斯?神?

摩洛齐纳从表面看,就像黑海海面,向来平静祥和,莎乐美说,难道你不明白——

那又怎么样?梅耶尔打断她。

欧娜一心想深究神秘的黑海。她问道,到底什么是软组织?

就是皮、肉和所有连接物,艾格塔回答,我估计它是一切保护硬组织的东西,它保护骨头或其他任何坚硬的部位。

这么说,玛瑞卡说,软组织保护较硬的组织,比如构成骨骼的组织。软组织更——该怎么形容?——韧,可最终,它也腐烂得更快。除非它被保存在黑海的神秘深水里,她又加了一句,把"黑海的神秘深水"这几个词特意和句子分开说,显出一种戏剧化的强调。我知道这嘲弄是冲我来的。

我笑了,用手指抠了抠头皮。我说,软组织通常由不是软组织的东西来定义。

我想是的，艾格塔说，但是——

但是，从某种程度上来说，它更强大，玛瑞卡打断道，因为它具有修复性。在终结之前。

好吧，艾格塔说，也许吧，虽说——

你说"终结"，欧娜问，是指死亡吗？

玛瑞卡做了个手势，终结不是死亡，还能是什么？

但是玛瑞卡，葛丽塔说，肉身的死亡不是生命的终结。

奥婕和妮婕眼下不再理会其他人，两个人说起悄悄话来。妮婕点头笑着，眼光朝我这边瞥视。我一时猜想，是不是奥婕正跟妮婕说起我们在水泵旁的对话。于是不出所料，我又犯了傻，我拘谨地朝女孩们点点头，她们立刻掉转了视线。

所以，欧娜说，如果聚居区是一个身体，我们女人就是摩洛齐纳的软组织，而且——

或者，莎乐美说，聚居区是黑海，而我们是它的"神秘深水"。我之前就想跟你们说来着。

玛瑞卡哈哈大笑起来，讥讽地问莎乐美，在她神性的智慧里，摩洛齐纳的女人是怎么个神秘法？我早上喝的牛奶上的奶皮倒是更神秘，她说。

欧娜朝玛瑞卡点点头，表示领会奶皮的神秘性：我想，这是在表达友善或团结。她很善良。欧娜问我是否还有其他什么启迪性的信息可以赠予女人们。

我飞快地搓揉了一下头顶，这是我蹲监狱时重拾的猿猴本能。我觉得这给了我微薄的时间来构思问题的答案，比如"艾普，狗娘养的，你有兴趣让你的脑瓜开花吗"之类的问题。

这动作惹笑了欧娜。

是的，我说，人一辈子要蜕掉大约四十磅的皮肤，每个月彻底更换一次表皮。

妮婕打断了我。她说，除了疤，疤能被更换成新鲜皮肤吗？不能，奥婕说，所以才叫疤，傻瓜。年轻女孩们咯咯笑起来，互相比画了一下拳头。

欧娜若有所思地说，每月换一次表皮，和换子宫内膜倒是一致，也是每月一次。

你怎么知道这个的？玛瑞卡问，而欧娜看向我。那是我母亲很久之前在她的秘密学堂里告诉欧娜的，秘密学堂根本无"堂"可言，而只是一种被她称为"秘密学堂"的讨论。她在挤奶时为女孩们组织了这种讨论，在我和欧娜还是孩子的时候，在我随父母离开摩洛齐纳之前。

玛瑞卡瞪着我，问我是不是跟欧娜讲过有关她子宫内膜的事情。

不，欧娜说，不是奥古斯特。是奥古斯特的母亲，莫尼加。

玛瑞卡不吭声了。

莎乐美点评说，这种讲解或许派得上用场，不过我们是不是该接着讨论正题？

欧娜仿佛没听见莎乐美的话似的，她提出，如果我提供的信息是真的，那么她们这些女人遭强暴时的那层皮肤，现在已经没了，被换掉了。她说着，笑了。

看欧娜的神情好像她还意犹未尽，可这会儿艾格塔·弗里森觉察出莎乐美的不耐烦和快要爆发的怒气，她急切地问我们，是不是可以把动物/非动物、宽恕/不宽恕、启迪/非启迪以及软组织/硬组织和新皮肤/老皮肤的辩论往旁边搁一搁，集中精力对付手头上的大事，也就是留下来抗争，还是离开。

女人们同意我们应该继续讨论。

这时，莎乐美把她的挤奶桶扔到了一边，挤奶桶立不稳当，让她觉得心烦。欧娜站起来，把自己的挤奶桶让给她，然后拖过莎乐美那只摇晃的挤奶桶坐下了。

重新坐好后，欧娜·弗里森继续琢磨刚才说过的话。她提到，玛瑞卡用的"辅导"一词让她联想到另一个问题。她请求获准就宽恕问题再发表一次声明。

女人们同意了。（尽管妮婕·弗里森做了个鬼脸：眼珠在眼窝里打转，同时猛地把头往后仰去，下巴耷拉下来。令人捧腹。）

欧娜发言说，如果摩洛齐纳的长老们和主教已经认定，我们女人在遭受强暴之后不需要辅导，因为事发时我们并没有知觉，那么我们有义务，甚或有能力宽恕的究竟是什么呢？未曾发生的事情？我们无法理解的事情？更广泛地说，这又意味着什么呢？如果我们不了解"这个世界"，我们就不会被它腐蚀吗？如果我们不知道自己被禁锢，那么我们就是自由的吗？

年少的妮婕·弗里森和奥婕·洛文此时投入了一场肢体语言的比试，比谁更能表达她们的无聊和不适。比如，奥婕假装把步枪塞进嘴里，朝自己的脑瓜开枪，然后瘫倒在挤奶桶上。妮婕则哀怨地问：可我们是去还是留啊？她将头枕在一条胳膊上，声音被捂得闷闷的。她的掌心摊开朝上，仿佛在等一个答案，或等一粒氰化物胶囊放进掌心。她解下了头巾，我可以看到她的头皮中央有一条又细又长的白线。那是被女人们唤作"分路"的裸露皮肤。

葛丽塔·洛文重重地叹了口气。她说：尽管我们也许不是动物，我们受到的待遇却不如动物，事实上，摩洛齐纳的动物比摩洛齐纳的女人更安全，也被照顾得更好。

艾格塔·弗里森提醒葛丽塔，由于时间关系，我们已经同意放弃探讨女人是不是动物的问题。

葛丽塔摆摆手，闭上眼睛，拒绝回应艾格塔的训话。她用假牙敲打着夹板。

玛瑞卡插话道：我认为唯一的解决方法就是逃跑。

哦，逃跑的主意在女人们中间掀起一片哗然！

大家一时七嘴八舌起来。议论纷纷。仍旧议论纷纷。

欧娜看着我。我看着笔记。因为欧娜的目光，我紧张地清了清喉咙——女人们把那当作是我不耐烦的表示，一种打岔。她们停止了交谈。

玛瑞卡瞪着我。

我摩挲着喉咙，好像那里发痒，要得某种病似的，或许是像小阿伦患的那种链球菌性喉炎。我并无意打岔。我是玛瑞卡的眼中钉，没准也是莎乐美的，不过她不耐烦是因为别的缘故，就像一场突如其来的洪水，像一只裂开的蹄子。（这是她嘀咕的原话，不过这些话不大好翻译。）

此刻莎乐美情绪激烈地发问：难道我们就想教女儿们通过逃跑来保护自己吗？

梅耶尔·洛文插话道：不是逃跑，是离开。我们在说离开。

莎乐美·弗里森没听见梅耶尔的话似的：逃跑！我宁愿守在我的阵地上，把每个男人的心脏用枪崩了，挖坑把他们埋了，也不愿逃跑，如果有必要，我会自己应对神的愤怒！

莎乐美，欧娜柔声说，请你冷静下来。洛文家的人说的是离开，不是逃跑。"逃跑"用词欠妥。把它撇开吧。

听了这话，玛瑞卡愤然摇头。她语带挖苦地为用词欠妥道歉，说这罪孽如此深重，以至于具有奥林匹斯神气度和万能心智的莎乐美为了全人类的利益，挺身出来纠错。

莎乐美表示强烈反对。她反过来控诉玛瑞卡用词鲁莽。"离开"和"逃跑"是两个截然不同的词，她说，各自具有不同的意思和特定的寓意。

这时奥婕和妮婕开始对议程产生了一些兴趣，两个人敛起了窃笑。与此同时，葛丽塔和艾格塔神色严肃而无奈，说明她们对彼此女儿之间的这类欧普阿（吵架）已多有领教。艾格塔双手紧握,两只拇指彼此绕着圈儿。葛丽塔拍打着自己的脑袋。

欧娜·弗里森从朝北的窗户忧郁地向外望,望着伦布朗家的油菜地,望着山丘,望着边界地带,也许还望着她自己织造的一片愿景。

梅耶尔·洛文开始偷偷给自己卷烟。(她时髦地用食指和拇指掐灭了手头未抽完的烟。)

那么,奥古斯特,艾格塔说。她坐在我旁边,用手臂搂住了我的肩膀!这一切,你是怎么看的?你是不是也有自己的看法?

我脑海里浮现的是韩国诗人高银的故事。于是我告诉女人们,他曾四次企图自尽,其中一次是把毒药灌进自己的一只耳朵。他活了下来,但耳膜被毁。另一边耳膜在他作为政治犯遭受酷刑时受损。朝鲜战争时期,他被迫去驮死尸。之后,他出家为僧十年。

女人们停止了争吵,听我讲关于诗人的故事。我止住话头。

艾格塔问,后来呢?

后来,他成了酒鬼,那倒救了他的性命,当时他想用一块大石头和一条绳索在朝鲜半岛和济州岛之间的海里寻死。

那是在哪里？奥婕问，但她母亲嘘她，示意她闭嘴。

在哪里不要紧，梅耶尔说。

不，莎乐美说，要紧的，不过还是先让奥古斯特把故事讲完。

艾格塔点点头，示意我继续往下说。

在船上，我说，有人卖酒。高银想，为什么不喝它一盅再死呢？他喝了一盅，接着第二盅、第三盅……他喝得酩酊大醉，睡了过去。等醒来时，他已经身在码头。他错过了寻死的机会，而人们正在那里等他，因为他们听说传奇诗僧高银要到他们的岛上来。他们希望他留下来。所以他就留下没走。他在那里非常快乐地度过了好几年。

停了片刻，梅耶尔问我是不是讲完了，我告诉她是的。

女人们没有说话，但在挤奶桶上坐立不安，清着喉咙。我讷讷地说，刚才艾格塔问我对离开还是逃跑的争论有什么看法。我只想说明我对语意之意义的感受：在一种心境下离开某事或某人，然后以另一种完全不曾预料的心境到达别处，这是可能的。

我早就意识到了,梅耶尔说,大家不都是吗?

许多事情,我们是本能地意识到的,欧娜轻声说,不过把它们像讲故事一样地表达出来,是令人感到愉快和有趣的。

莎乐美·弗里森告诉女人们,她没时间参与"愉快和有趣"。我是否可以告退,她嘲弄地问道,因为到午饭时间了,轮到我给聚居区的老人们送吃的,还要喂我的小女儿吃抗生素。

莎乐美的小女儿米帕被男人侵犯过两次,可能三次,但彼得斯拒绝给三岁的米帕寻医治疗,理由是医生会对聚居区的事嚼舌根,人们会因此知道强暴的事,事情就会闹大了。莎乐美徒步十二英里来到邻近的聚居区,去暂时驻扎在那儿进行维修的流动诊所,替米帕讨要抗生素。(还顺带给自己弄私酒,据玛瑞卡所说,有几回在莎乐美发火时,她模仿将酒瓶凑到嘴边的动作,就是在暗示莎乐美私底下偷喝老酒。)

我得把抗生素偷藏在米帕的甜菜汁里,不然她不肯吞下去,莎乐美说。

女人们点头,跟她说,去吧,去吧。

莎乐美边走边建议,如果梅耶尔去夏季厨房端些汤来，那么她会带来早上刚烤好的斯佩耳特小麦[1]面包。我们当作午饭，莎乐美说，边吃边继续开会。我们还可以喝速溶咖啡。

梅耶尔懒洋洋地耸耸肩——她讨厌被莎乐美支使——不过好歹从座位上站了起来。

而这时，艾格塔一动不动坐着，嘴里默念祷文或赞美诗，大概是《诗篇》中的某一首。米帕是她的外孙女，以她的名字命名（米帕是小名）。艾格塔是个刚毅的妇人，但每当听到小外孙女遭强暴的具体细节，她就会变得一动不动，充满侵略性。

（当莎乐美发现米帕被强暴不止一次，而是两次或三次时，她去了关押那些男人的棚屋，用一柄镰刀试图把他们全部杀死，这事我在前面已经提过。正是这件事让彼得斯拿定主意报警，让这些男人被逮捕并送进城去，在城里他们可以保命。莎乐美声称她为那次冲动行事请求过宽恕，而那些男人也宽恕了她，但没有谁，包括彼得斯，见证此事。或许最后这些情况与会议记录并非密切相关，但我相信它们很重要，应当列入脚注，因为如果不是那些犯

---

[1] 斯佩耳特（spelt）小麦也被称为丁克尔小麦或去壳小麦，是一种公元前5000年就开始种植的小麦品种。

罪者被押送进城,聚居区的其他男人跟着进城去交保释金,为的是让犯罪者重返聚居区以得到受害人的宽恕,反过来受害人也会得到神的宽恕,那么也就不会有这些会议了。)

耶和华有恩典有怜悯,不轻易发怒,大有慈爱和宽恕[1],艾格塔说。

她重复着这段话,葛丽塔握住艾格塔的手,加入了她的念诵。

梅耶尔·洛文离开了仓房,我猜是去吸烟,虽然她声称是去夏季厨房端汤。她喝令她的外甥女奥婕别跟着她,奥婕扮了个鬼脸,好像在说:我干吗费这心?还冲其他人扮了个鬼脸,好像在替她的古怪姨母,那个有着秘密人生的烟鬼,表示歉意。

米帕和聚居区其他的幼小孩子在奈蒂·葛布朗特家里,由几个年轻女人照管,奈蒂的丈夫和别的男人一起进城去了。奈蒂的孪生弟弟,约翰,是受审的八个男人之一。米帕并不知道为什么自己小小身体的某些部位会疼痛,也不知道她已经患有性传播疾病。奈蒂·葛布朗特同样也遭到了侵犯,可能是她的弟弟做的,她生下了一个早

---

[1] 出自《圣经·诗篇》145:8,但原经文中无"宽恕"一词。

产男婴，婴儿小得可以放在她的鞋肚里。婴儿生下来几小时就死了，奈蒂在睡房的墙上涂满了鲜血。她不再跟人说话，除了和聚居区的孩子们，这就是为什么在其他人工作的时候她被安排负责照管孩子们。

玛瑞卡·洛文认为奈蒂可能已经改名为梅尔文[1]了。她认为奈蒂这么做是因为她不想再做女人。葛丽塔和艾格塔拒绝相信此事。

我请求出去透透气。

欧娜·弗里森又一次探询地瞥了我一眼——她也许是好奇"透透气"的意思（可能她从未听说过这个词，哪怕是在翻译里），也许是好奇"保持呼吸"的意思，好奇未能将想法表达的尖利的痛，好奇生命的叙事，好奇维系、联结、贯穿的线索。透透气，呼吸，保持。叙事。

女人们同意了我的请求。

※

我回到了开会的地方。只有我一人，等着女人们。

---

[1] 一般用作男性名字。

刚才在外面时，我听见有音乐声从一辆卡车处传来。一个老歌电台在播放"妈妈和爸爸"乐队演唱的歌，歌名叫《加州之梦》[1]。我站在离卡车一百米远的地方，而卡车则停在环绕聚居区外围的大道上。奥婕和妮婕站在卡车旁听着。几乎没有其他声音，只有"妈妈和爸爸"甜美的和声，唱着安详而温煦的洛杉矶，唱着它的梦。我敢肯定，女孩们没看见我。她们静立在卡车靠驾驶室那一侧，弯着颈脖，低着头，像在谛听线索的法医，或墓前庄重的哀悼者。

播放歌曲前，卡车司机用驾驶室里的高音喇叭广播了一则告示。他是一名官方人口普查员，他要求聚居区所有成员必须从家里走出来接受统计。这则告示他广播了好几次，可是眼下聚居区里基本上只有女性，她们不懂他的语言；就算她们懂，她们也不会走出她们的家、仓房、夏季厨房、马驹畜栏、鸡舍、洗衣房……叫一个开卡车的、收音机调到流行电台的男人来清点人数。当然，奥婕和妮婕除外，她们就像迷航的水手听见海妖的歌声，被吸引到了卡车旁。

---

[1] 美国乡村摇滚乐队组合 The Mamas and The Papas 演唱的 "California Dreamin"。

眼下，当我等待女人们返回时，《加州之梦》这支歌像一只耳虫始终盘旋在我脑海里。我想象着把这首歌的歌词教给女人们，让她们像"妈妈和爸爸"乐队那样唱和声，重复歌词，一唱一和。我觉得她们会喜欢的。所有的树叶都变黄……我望着空荡荡的仓房，仿佛听到了她们的歌声。

会议是在厄内斯特·泰森的干草顶阁里进行的，厄内斯特是年迈羸弱、没有进城的男人之一。厄内斯特对绝大多数事情都糊涂健忘，包括女人们借用他的干草顶阁开会这码事。他不记得自己有几个孩子，也不记得他的兄弟姊妹是死是活，唯有一件事他念念不忘，就是彼得斯偷了他的时钟。厄内斯特的父亲去世时，把一只传家宝时钟留给了他，因为知道在所有子女中，就数厄内斯特对时间的本质最着迷。彼得斯执意让厄内斯特交出时钟，跟他说在摩洛齐纳，时间是永恒的，还说如果一个人在神的眼里是纯洁的，他在人间的生命就会自然而然流入天堂，得以延续，所以时间和时钟都无关紧要。几个月后，人们发现彼得斯将那只时钟摆进了自己的书房，那是他在家中用来准备布道辞和打理聚居区事务的房间。尽管厄内斯特已年迈健忘，他却永远忘不了被偷走的时钟，就好像这一冤屈膨胀开来，占满了他全部的心思，就好像他被任命为只用盯住这一桩冤屈事的门将，于是每当看见彼得斯，他就会问彼得斯，什么时候，哪一天，什么时辰，把时钟还回来。

女人们更喜欢在这间干草顶阁里，而不是在她们谁家的厨房饭桌边开会，因为厨房里到处是小孩，总是碍手碍脚的。一个家庭有十五个孩子并不稀奇，甚至还有二十五个孩子的。（几个月前，我给自己设下一个挑战：我要沿着环绕摩洛齐纳的大道一路走下去，穿过玉米地和高粱地，走完几英里的路程，只有在看见孩子的时候我才可以呼吸一次。结果我的呼吸从未停歇过。）

我们的桌子由几捆干草包上面架一块夹板拼凑而成，我们的座位是挤奶桶。奥婕和妮婕偶尔会轮流屈起腿坐上窗台，或坐在她们从厄内斯特·泰森的马具房搬来的马鞍上，马鞍就架在仓房一根发霉的横梁上。

欧娜·弗里森身边放着一个空饲料桶，因为她怀孕了，不时会恶心想吐。聚居区的几个女人在看出欧娜有了身孕后，急着要将欧娜嫁给朱利斯·潘纳，安德鲁·潘纳的傻儿子。但欧娜坚持说朱利斯娶一个神经质女人是委屈了他，还说他若娶了个非处子的女人，会因此沾染罪孽。聚居区的长老们由此断定，欧娜已经不可救赎，她的纳尔法使她不可理喻。我感觉我有必要指出，这一来自长老们的指责（不可理喻）实在充满了讽刺意味，而且欧娜并不会永世受罚，因为这罪孽并非她所愿。她那尚未出生的、由不速之客留下的、被长老们委婉地称作"治疗师"的孩子，将会送给聚居区另一户人家当作自家孩子去抚养，那户人家甚至有可能就是"不速之客"的家庭。

现在除了奥婕和妮婕，女人们都回来了。

玛瑞卡·洛文解释说，这两个年轻女孩此刻正在厄内斯特·泰森的车道尽头，与邻近聚居区克沃提查的库普弟兄俩见面。（我知道不是这样的，但也怀疑玛瑞卡明白，要是让莎乐美知道女孩们在听人口普查员的电台音乐，她会气炸的。玛瑞卡这是在护着她们，也是在为大家节省时间。莎乐美是如此令人费解地自相矛盾，逆反却又传统，好斗、桀骜不驯，却又热衷于拿规矩往别人头上套。）

其他女人皱起眉头，但同意我们现在就开始，不等她俩了。

莎乐美问梅耶尔她是不是抽烟了，梅耶尔问莎乐美这关她什么事。她俩带来了面包和夏季厨房的汤，还有速溶咖啡，分给女人们和我。

葛丽塔和艾格塔率先发言表示：是去是留，我们今天下午必须做出决断。

她们刚说完,奥婕和妮婕就回干草顶阁来了,这回她们要出一招发噱的惊险动作来取悦我们。在回到阁楼之前,她俩偷偷推了辆堆着一扎扎干草的平板车放到窗户下面。奥婕先爬上梯子,歇斯底里地哭哭啼啼,说生活太残酷,一秒钟也活不下去了。她晃动身体,呻吟着,接着直奔窗户,头冲下纵身一跳。

女人们尖叫,我们都一跃而起,挤到窗前,只见奥婕正安详地坐在干草捆上。欧娜赏识地一个劲哈哈大笑,其他人则摇头,拼命克制显露一丝赞许之色。

女人们回到桌边坐下。妮婕提到库普兄弟告诉她和奥婕——(现在我意识到这两个年轻女孩除了人口普查员外,确实与库普兄弟见了面)——兄弟俩的父亲在城里卖奶酪时,撞见了英格索尔(玛瑞卡的小叔子,其中一个投给"什么都不做"的女人的丈夫)。英格索尔和其他摩洛齐纳男人一起去了城里,那会儿刚巧走出庭审室去看一眼他的马儿们。他告诉他们的父亲,他们的父亲又告诉了他们的另一个兄弟,而那兄弟告诉了库普兄弟,说是有两个摩洛齐纳男人准备提早返回,回来再牵几头牲口兴许还有马儿,去城里拍卖,以筹得更多保释金。

葛丽塔将双臂举到空中。

艾格塔的目光变得锐利（现在我看出来了，莎乐美继承了她母亲这种热寻导弹般的凝视），她一动不动。

多早？玛瑞卡问，年轻女孩们耸耸肩。

哪个男人？玛瑞卡问。

其中之一是克拉斯，妮婕说。（克拉斯·洛文是玛瑞卡的丈夫。）

玛瑞卡从嘴里抠出一根细长的鸡骨头，摆在自己碗边，弄出极其细微的声响。

欧娜递给我一大卷褐色纸，用来包奶酪和肉的那种。她告诉我是从夏季厨房里拿来的。

在我小的时候，我母亲莫尼加常常把包奶酪的纸给我，让我在上面画画。

欧娜建议我用包装纸为女人们的选择列出利弊清单。这些需要用大张纸来写。你写的没哪个女人读得懂，欧娜说，不过我们就把它当成一件文物留在仓房里，等别人来发现。

奥婕和妮婕交换了一下眼神：欧娜这是在说什么呀？她为什么这么古怪？我们怎样避免自己变成她那样？

不错，一个发现，莎乐美说（难得有包容她姐姐的暖心时刻)。

艾格塔不耐烦地点着头,双手像车轮一样飞快绕着圈儿,意即:我们可不可以继续?

梅耶尔从马具房找来几枚钉子(她会瞅准一切空子出去吸口烟)和一块盐巴,将包装纸钉在墙上。

欧娜建议我写下如下大标题:留下来抗争。它的下面,我写了小标题:利。

女人们开始对此七嘴八舌议论起来,而我别无选择,只好礼貌地、带着歉意地要求她们轮流发言,那样我才能听懂她们每个人的话,并有几秒时间把它译写在纸上。

利

我们不必离开。

我们不必收拾行李。

我们不必琢磨去哪里,也不必经历不知何去何从的不确定状况(我们没有任何地方的地图)。

最后这点引起了莎乐美的嘲笑,说它荒唐。我们唯一能确定的就是不确定,她说,不管我们在哪里。

欧娜申明：爱的力量是确定的，这一点除外。

莎乐美扭头直面欧娜。这种空话说给你自己听吧，她央求道。

梅耶尔替欧娜说话了。为什么爱的力量不能是唯一确定的呢？她纳闷了。

因为它毫无意义！莎乐美吼道。尤其是在他妈的现在这情形！

艾格塔厉声呵斥女儿们。接着她话锋一转，指指年轻姑娘们。奥婕？妮婕？她说，你们有什么要补充的吗？

莎乐美正用牙齿啃着指甲上的小碎片。她啐出碎指甲时，梅耶尔的脸厌恶地皱缩了一下。

我们不必离开我们所爱的人？妮婕说。

葛丽塔指出女人们可以带上她们所爱的人。

其他人对此说法的可行性有疑问。欧娜轻声说：我们所爱的人当中有些也是我们所怕的人。

我们可以想出就地建立新秩序的可能，在这个我们熟悉的地方，玛瑞卡补充道。

不仅仅是熟悉的地方，而且是属于我们的地方，莎乐美纠正道。

但要是我们离开它了，梅耶尔问，它还属于我们吗？

我们还会回来吗?

奥古斯特就回来了,莎乐美说,问他。

没时间了,欧娜说,奥古斯特,现在请来写弊端吧。

在心里,我拥抱了欧娜,她也回抱了我。

弊

我们不会被宽恕。

我们不知道怎么打架(莎乐美打断道:我知道怎么打架。其他人刻意不理会她。)

我们不想打架。

存在风险:打完后,情形反而较之前更糟。

欧娜举手,问她是否可以发言。(我纳闷她这么做是不是在揶揄我,鉴于我先前请女人们轮流发言。)

请便,我对她说。

要是我们先确定到底要抗争什么,再列出留下来抗争的利弊,会不会更好呢?欧娜问。

玛瑞卡立即回应:明摆着的,为我们的安全和免遭侵犯而战!

是的，欧娜赞同道，但这包含什么呢？也许我们需要确立一份宣言或革命声明——（欧娜和我飞快地交换了下眼神；我知道她这是在参照我母亲的行为，我母亲无论在庄稼地，在仓房，还是在烛光下，永远在忙着制订不同版本的革命宣言。我低头微笑。）——描述打了胜仗后，我们所向往／要求的聚居区的生活状态。也许我们需要更明确地知道我们是为了实现什么而抗争（而不仅仅知道是为了灭除什么而抗争），以及为了实现这个目标所必须采取的行动，甚至包括抗争结束，如果我们赢了，之后应该怎么做。

欧娜说话的时候，玛瑞卡说：听起来就像我头脑里有一群惊得四散的小马驹儿。没有足够时间讨论这些。她提醒女人们，有几个男人会提前返回聚居区。

艾格塔赞同玛瑞卡，安抚她。不过她也提醒女人们说，她们的会议和计划是可以对提早回来的那两三个男人保密的，毕竟他们回来只是为了牵牲口去卖钱，很快又会进城去。由于谣传玛瑞卡的丈夫克拉斯是其中一个提前返回的人，艾格塔提醒玛瑞卡她务必"表现自然"，像没事一样。（艾格塔用了一个很难译成英语的低地德语表达。与某种水果和冬天有关。）

大家郑重其事地点头，表示同意。

艾格塔继续，要求欧娜具体说一说她的革命声明。

我注意到，即便是奥婕和妮婕——她俩通常提防着欧娜，因为欧娜被视为失去了恐惧，这对聚居区成员来说，就等于丢掉了道德指南针，变成了魔鬼——也将注意力转向了她。

这很简单，欧娜说。

她抛出几个想法：聚居区的所有决定要由男人和女人共同做出；要允许女人思考；要教女孩子读书写字；学堂里必须张贴一幅世界地图，那样我们才能开始了解我们在世界上的位置；摩洛齐纳女人要创立一种新的宗教，它从旧宗教中推演得来，但以爱为核心。

（我感到心口痛。欧娜几乎一字不差地重复着我母亲莫尼加在她的秘密学堂里给女孩们上的课。她注视着我，想用目光与我交流，她试图传达某些东西，某些至关重要的、记忆里的、失落的东西。）

玛瑞卡相当夸张地拧起眉头。

欧娜继续道：我们的孩子会是安全的。

葛丽塔闭上眼睛。她重复着"共同"一词，就像那是她不熟悉的新品种蔬菜的名字。

玛瑞卡再也憋不住了。她骂欧娜痴人说梦。

我们是没有声音的女人，欧娜平静地陈述道，我们是处于时间和空间之外的女人，甚至连所居住国家的语言都不通晓。我们是没有故土的门诺会信徒。我们没有归宿，摩洛齐纳的动物在它们的窝巢里都比我们女人更有保障。我们女人拥有的只有我们的梦——所以我们自然就做梦了。

玛瑞卡对此报以讥笑。你想不想也听听我的梦呀？她问。不等其他人回答，她就开始描述她的梦，梦里，患有纳尔法的人不会被指派负责制订革命宣言。

欧娜微笑——不是紧张地笑，而是真心实意地欣赏玛瑞卡的幽默。

欧娜和莎乐美的小妹米娜，是聚居区有名的开口笑。她是"快乐米娜"。欧娜眼下笑得就跟米娜一样。

（即便死了，米娜似乎也在微笑。在米娜的葬礼上，欧娜将米娜的头巾往下拉了一两英寸，露出她颈脖处的绳索勒痕。她大声对众人说，杀死米娜的不是清洁马棚的氨水，不是像彼得斯说的那样。她被发现时，是吊在马驹棚的一根椽子上。彼得斯中断了米娜的葬礼仪式，让辅祭克里帕斯坦和恩劳把欧娜弄回家。葬礼在教堂之外举行，因为自杀者的遗体是不允许进入圣殿的。米娜的尸体被放在一块冰块上,在阳光下暴晒。米娜往地面陷下去,越陷越深,周围慢慢出现一圈黑色的湿泥。欧娜挣脱了那两个男人。彼得斯为欧娜祈祷。教徒们低下头去。

妮婕是米娜的女儿,现在由莎乐美照管。妮婕在自己的卧房里遭到侵犯,她的手腕被压捆机的捆绳勒伤,遍体是血、精液和粪,之后米娜就悬梁自尽了。刚开始,彼得斯告诉米娜,是撒旦发动了袭击,这是来自神的惩罚,神因为女人们的罪孽来惩罚她们了。然后,彼得斯又告诉米娜,侵犯是她编造出来的。他不断重复着"放荡的女性幻想"这几个词,每个词后面都加上武断的句号,形成三个短句。米娜非得知道到底是什么:撒旦还是她的想象。她去抠彼得斯的眼睛。她脱去衣裳,用锯齿剪刀自残。她去了马棚,悬梁自尽。彼得斯剪断吊索把她放下,并告诉大家,她在清洁马驹棚时吸进太多氨气烟雾。米娜的母亲艾格塔·弗里森,以自己的泪洗了米娜的尸体。这是聚居区女人们说的,她们当时在场。)

艾格塔这时表示,她已经听够了。她宣布,欧娜刚才概述的革命宣言很在理,可以随着时间的推移加以补充,倘若女人们留下来抗争,它将作为一份宣言,大胆宣告她们希望在聚居区看到的变化。

葛丽塔将双臂举到空中。她问：要是男人们拒绝满足我们的要求，会怎样？

欧娜回答：我们就杀掉他们。

奥婕和妮婕倒抽一口气，然后犹疑地笑了笑。

梅耶尔因为烦躁，公然拿出了她的卷烟纸和烟丝。

艾格塔站起来，双臂环住欧娜。不，心肝宝贝儿，她极轻地说，不。她跟大家解释说欧娜只是开玩笑罢了。

莎乐美耸耸肩，没准不是。

艾格塔捅了捅莎乐美的肩膀，说：我们会找到一条路，然后我们走走看。

葛丽塔慢吞吞地点点头：不错，可你在说什么，艾格塔？我们要离开吗？

路有很多种，艾格塔告诉她。

这种"弗里森做派的谈话"（被玛瑞卡描述成"泡咖啡馆时的神聊"，虽说她从来不曾踏入过任何一家咖啡馆）激怒了洛文家的人。

奥婕小心翼翼地建议道：我们现在来列一列"离开"的利弊。其他人表示赞成。

我注意到，奥婕和妮婕除去了各自的头巾，把她俩的长头发编在一起，编成了一股大辫子，所以她俩现在连成一体了。

离开

利

我们会远走。
我们会安全。

玛瑞卡这时插话了。不见得，她说，但第一条肯定是事实，要是我们离开，我们当然会远走。她环视了大家一眼，说：这种明摆着的事，难道我们时间太多了？

莎乐美回嘴说，并非什么东西都是照字面意思来理解的。她对利弊单子做了补充。

> 我们不会被要求宽恕男人，因为我们不会在这里听他们的问话。

对啊，玛瑞卡挖苦地说，不过根据欧娜的宣言，新的宽恕方式会被确立，男人们不能逼我们宽恕，也不能因为我们不宽恕而逼我们离开聚居区，或拿神拒绝宽恕我们这种话来吓唬我们。她提醒我们，根据欧娜先前的见解：伤害孩子们的行为，因其卑鄙至极的邪恶本质，应当另辟一类由神单独定夺的宽恕。这么说来，欧娜似乎以为她大权在握，可以草创一个新宗教呢。

欧娜平静地反对说，她根本不相信这些。她不相信权威，就是这样，因为权威把人变得残忍。

莎乐美插嘴：有权的人还是没权的人？

玛瑞卡不理睬莎乐美。天晓得你怎么能不相信权威？她向欧娜发问。

天晓得你怎么能相信权威？欧娜说。

葛丽塔和艾格塔异口同声地请求两个女人安静。

我们会看到世界的一角？这条"利"是妮婕·弗里森提供的。

我观察到，当年长女人的注意力开始涣散时，年轻姑娘则战战兢兢地顶了上来。两个年轻女孩仍然用头发连接着彼此。《加州之梦》的歌词又一次在我脑中萦回，我哼道，*所有的树叶都变黄……*

几个女人好奇地瞧着我——尤其是奥婕和妮婕。也许她们奇怪我干吗哼着她们从人口普查员收音机里听到的歌。我是不是暗中监视她们了？我很想跟她们解释，我没有暗中监视她们，只是凑巧而已，但我知道我不能这么做。

我建议我们往下进行，罗列"离开"的弊端。

玛瑞卡提醒我，说她们女人自会决定会议该怎样进行，不需要叫一个当不了庄稼汉的"二流子"，一个落得去教书的辛达[1]来指手画脚。

葛丽塔爆发了。玛瑞卡！她站起来喝道：克拉斯每一分钟都有可能回来，可你还在为你的破脾气浪费时间。克拉斯就要回家牵走他的牲口卖钱换保释金来帮助强奸犯返回摩洛齐纳了，他会来收拾你和孩子们，而你呢，会和平时一样对他没有二话，却像一杆加特林机枪一样冲我们乱发火。这样做有什么好处？

女人们都不吭声。

我为企图推进会议的进程而道歉，因为这不是我的职分。

女人们没说话。葛丽塔呼哧呼哧地喘着气。

---

[1] 原文为schinda，门诺语。

说明：玛瑞卡用来形容我的词，辛达，意思是"鞣皮匠"，用兽皮鞣制皮革的人。在俄罗斯，当门诺会信徒在底部有着神秘河流的黑海边生息时，无法凭借干庄稼活儿谋生的男人被迫替其他门诺会信徒牧养家畜。要是一头牛死了，放牧汉就得剥那牲口的皮，鞣皮制革。所以，辛达就是愚蠢到不懂农活儿的意思。在摩洛齐纳，这是侮辱人的顶级咒骂。

现在葛丽塔说话了，她宣布了一则激进的声明。她说她不再是门诺会信徒了。

即使是擅长无动于衷的奥婕和妮婕，也从桌上错愕地抬起目光。

欧娜刚才提到我们女人应当问问自己是谁，葛丽塔说。好吧，她声明，我已经告诉你们我不是谁了。

艾格塔笑了。她声称葛丽塔已多次宣布她不再是门诺会信徒——可是她生来就是门诺会信徒，并一直像门诺会信徒那样过日子，与门诺会信徒为伍，住在门诺会信徒聚居区里，讲着门诺会信徒的语言。

那些事并不使我成为门诺会信徒，葛丽塔辩驳道。

那什么事使你成为门诺会信徒呢？艾格塔问。

我猜奥婕是想要恢复秩序，这时她又抬高声音，提出了几点离开的弊端。

我们没有地图,她说。

但其他女人不睬她,仍然在听葛丽塔和艾格塔的争辩。

奥婕和妮婕一前一后地摇晃着,用连接她俩的辫子轻轻拔着河。奥婕继续说道:我们不知道该往哪里走。

妮婕大声笑了。她加了一句:就连我们在哪里,我们都不知道!

女孩们一起大笑起来。

结果,葛丽塔转向她俩,吼道,嘘!又说,把头发收起来。

莎乐美的小女儿米帕此刻爬上了阁楼的梯子,正嚷着要她母亲。莎乐美伸手抱过米帕。米帕哭了。她听见女人们的吼叫。她吓坏了。米帕要莎乐美给她换尿布——但很害羞,因为她已经三岁了。

艾格塔跟我轻声解释说,米帕已经有将近一年不用尿布了,但最近又嚷着要用。

莎乐美抱着米帕,捋她头发,对她耳语,亲吻她。莎乐美抱着米帕时,欧娜一条手臂环住了她妹妹的肩。

我们今天要不要就此休会?艾格塔建议。

梅耶尔点点头，但要求在包装纸上至少写下一两条"离开的弊端"，那样女人们和我就知道明天——或今夜晚些时候，如果能从家里脱身——从哪里开始。

莎乐美抱着米帕站起来。

零，她说，没有"离开的弊端"。

我想象她就此转身离去，怀中抱着米帕，她走过大豆田、咖啡田、玉米地、高粱地、岔路口、枯涸的河床、山沟，跨过边境，身影越来越小，一次也不曾回头看，愤恨地看最后一眼。

地狱之门也压不倒她。

请坐下，艾格塔抚着莎乐美的手臂说。

莎乐美顺从了她母亲。她坐下，目光瞪视着不远处。

这时，奈蒂（梅尔文）·葛布朗特也爬上了阁楼的梯子，出现在女人们面前。她向大家道歉，因为她没看住米帕，让她跑出来找妈妈，虽然这些话她没有用嘴说。

艾格塔冲那歉意摆摆手。别担心，她和蔼地说，并劝奈蒂回到其他孩子身边去，他们兴许没人看管了。米帕就暂时留在莎乐美身边。

奈蒂用力点点头，爬下了梯子。

我们都明白奈蒂筋疲力尽了，艾格塔对大家说。

（奈蒂不说话，除了跟孩子们，但夜间，聚居区成员会听见她在睡梦中——也或许是在完全清醒的状态下——尖叫。）

艾格塔建议女人们唱歌给米帕听，葛丽塔赞同。

两位少女，奥婕和妮婕，又一次为这一要求而面露难色，不过她们还是加入了其他女人，一起和着《天父的孩子》的旋律歌唱。

欧娜对我微笑。（或许她没有对特定的人微笑，只是我留意到了而已。）

歌声里（也许只有在歌声里）女人们的声音飘扬在完美的和谐之中。米帕紧偎在她母亲胸前。

我应该把歌词也记下来的，可实情是绝大部分歌词我已经记不得了（被《加州之梦》挤走了），而且我也写不了那么快。女人们为小米帕唱歌时，我则默默地敬拜。我怀想我的父亲。我怀想我的母亲。我怀想生命，怀想母亲头发的芳香，怀想父亲温暖的背脊，在日光下，弓向大地，怀想他的朗声大笑，怀想母亲朝我奔来，怀想我的信仰。我们无故土可归，我们的归宿即是信仰。信仰就是我们的家园。《你的信实广大》，那支在我的脑海、我的心、我的思绪、我的智慧、我的家、我的葬礼——却不在我的死亡——中萦绕的歌。

白日将尽。歌已唱完。牛要挤奶了。苍蝇从藏身的荫蔽处飞出来,扑向肮脏的玻璃窗。杜克家的狗汪汪叫着讨要晚饭,可杜克在城里,而他又是唯一愿意喂它们吃食的人。

好像我的心思能被人听见,玛瑞卡说她晚上会扔些肉给杜克家的狗吃,免得它们去攻击小孩。

莳萝和烤肉肠的独特香气已经从夏季厨房一路飘进了厄内斯特·泰森的干草顶阁。

葛丽塔要大家统一意见。我们能否同意明天上午,她说,务必做出一个决断,是去是留,然后付之实施?

每个女人,以各自的方式,一个接一个地表示赞成。轮到梅耶尔·洛文时,她提出了一点。如果女人们真的离开聚居区,她问道,我们如何承受思恋之苦,对那些我们无法再见的亲人,我们的丈夫,我们的兄弟?

莎乐美像是要开口,但梅耶尔举起一只手,阻止了她。

莎乐美跟梅耶尔咬耳朵说了句悄悄话。米帕在她怀里扭来扭去,但没出声。梅耶尔窃笑。

两个女人笑了笑,又咬起耳朵来。哪个男人?莎乐美问。

闭嘴,梅耶尔说。(她是不是藏着一段秘密人生?)

玛瑞卡似乎急着要散会。如果男人同意,他们可以陪着女人一起走,她说,只要他们在宣言上签字并遵行宣言上的条件。

欧娜和气地问玛瑞卡,她刚才不是把宣言当作一纸空文给否定了吗?

玛瑞卡才张开嘴,莎乐美就飞快打断了她。时间会治愈我们沉重的心灵,她说,我们的自由和安全才是终极目标,是男人妨碍了我们实现这些目标。

但不是所有男人,梅耶尔说。

欧娜澄清道,也许不是男人本身,而是一种钻进男人心智、霸占那里的邪恶的思想意识。

随着这些对话的含意在心里渐渐分明,妮婕担忧起来,问要是女人们选择离开,她是不是真的再也见不到她的兄弟们了?

(我应该在这里解释一下,在聚居区,人们不太拘囿于兄弟姊妹的传统概念。男人和女人,男孩和女孩,都以兄弟姊妹相称——而事实上,聚居区的每个成员之间都有近亲属关系。)

奥婕问：谁来照顾我们的兄弟们呢？

艾格塔·弗里森表情忧虑，她要求女人们回原位坐下。这些是至关重要的问题，她严肃地说，在我们做出去留的最终决定之前，这些问题我们必须先解决。

在理，葛丽塔说。一绺绺白发从她的头巾里滑落，她用嘴角吹着发丝。她的假牙仍旧在夹板桌上。她问，可挤奶和做晚饭怎么办啊？

这话招来了干草顶阁里的女人们茫然的目光。

我笑起来，自己也不太明白到底为什么笑，之后马上表示抱歉。我看见米帕已经在莎乐美怀里睡着了。

艾格塔问其他与会者是否许可奥婕和妮婕离会——这看起来是对年轻女孩们行大善——去帮聚居区女人打理傍晚的活计。

但莎乐美反对。她指出：是这两个年轻女孩，奥婕和妮婕，提出了有关男孩、男人的这些问题。应该让她们留下，以便参与到相关问题的讨论中，最重要的是，她俩本该对我们就这些问题的回答有所知情。

那就叫她们留下，看在《约书亚记·士师记·路得记》的分上！玛瑞卡吼道。

艾格塔微笑，身体一左一右地摆动起来（她满意或欢喜时会这么反应)。我喜欢这说法,她说。

莎乐美佯装吃惊地说:啊我还不知道,玛瑞卡,你对圣经各卷的成书顺序那么了如指掌,你却好像从来没拿到过那"宝书"。

葛丽塔将手落在玛瑞卡的胳膊上——警告她别去搭理莎乐美的言论。她低声说了句什么,大概是表示她明白玛瑞卡的担心,她担心克拉斯马上就要回家,可晚饭还没准备好。

奥婕和妮婕夹在长辈们的舌战之间,变成了石头人。

艾格塔深深地吸了口气。就女人们未说出口的担心,她发话了。挤奶、做晚饭会由"地面上"的女人轻易对付过去,她说,我们现在就继续留在干草顶阁,妥善解决最后的顾虑,这样更有利于女人们的未来。

欧娜说:我未必会把我们与我们所爱的男孩、男人之间关系的未来说成是"最后的顾虑"。

她说这番话时可能朝我的方向瞥了一眼,但我吃不准。我的方向也就是窗户(就在我正后方)的方向,那窗很脏,爬着苍蝇,看出去是连绵数英里的庄稼地,还有天空和更远处的银河,然后是无穷无尽。所以可能是我看错了。

※

女人们坐下来做进一步的讨论。暗影落在她们脸上，也落在她们用作桌子的夹板上。我瞥见几只小老鼠——或是同一只小老鼠，一只特别活络好动的？奥婕和妮婕仍然滑稽地保持连体，正用她们的头巾扑打苍蝇。

（严格来说，当有男子在场时，所有十五岁以上的女子都要戴头巾。我以前从没见过奥婕和妮婕的头发。它们看上去非常柔软——妮婕的是金色的，层次变幻，从近乎白色到金色再到米黄；而奥婕的头发，深棕带着些微赤褐色，同她眼睛的颜色一样，也同露丝和雪莉——葛丽塔那动不动就受惊的马儿——的鬃毛和尾巴的颜色一样。我很羞惭地承认，我不知道奥婕和妮婕是否认为我不够男人，或根本不是男人，以至于没理由要在我面前包住头发。）

艾格塔这时裸着脚丫。她抬起腿，把它们放在一块木头上，这么做是为了减少让她难受的积液，她称之为"水肿"。说到"水肿"一词时，她的语气里含着一丝自豪。（准确地把折磨你的东西的名字叫出来，一定能获得某种满足。）

莎乐美让米帕平躺在身边的一领鞍毯上，这孩子成了集会女人们的焦点。

艾格塔要求我用大字写：

倘若女人们决定离开，男人和大龄男孩的选择：

1）他们要是愿意，允许他们和女人们一起离开。

2）只有在签署声明/宣言的情况下，他们才被允许和女人们一起离开。

3）他们被撇下。

4）允许他们日后前来与女人们团聚，等女人们确定了去向并安顿下来，作为一个民主的、集体的、知书识字的社区兴旺发达起来之后（并要定期递交男人、男孩在对待女人、女孩方面改过自新/行为态度的进程报告）。

注：十二岁以下的男孩、任何岁数智力缺陷的男孩、科尼利厄斯（聚居区一个坐轮椅的十五岁男孩）以及年迈羸弱、无法照料自己的男人（以上也是未进城留在此地的男孩和男人）将陪同女人们一起离开。

自会议开始以来，女人们第一次表现出由衷的茫然。她们沉默着，陷入深思。

玛瑞卡最先开口。她投一号选项。

除她以外无人认同。大家同时出声反对，而玛瑞卡则抱起双臂。她急于离开。她将自己的速溶咖啡残渣往地上一泼，说她想要勒死自己。

可是玛瑞卡，欧娜说，很可能的情形是，这些男人，也许所有男人，都会选择跟我们一起离开，那么无论我们落脚在哪个他乡别处，我们所做的不外乎就是在那里复制一个现有的、痼疾如旧的聚居区罢了。

艾格塔补充道：再说男人肯定会跟我们一起走的，因为没了我们他们活不了。

葛丽塔笑着说，嗯，活不过一两天。

莎乐美指出，一号选项实属白搭。如果我们最后真决定离开聚居区，而不是留下来抗争，她说，我们会在男人们回来之前就上路，所以男人们不可能跟着我们一起离开。

梅耶尔此时明火执仗地抽起烟来（但因为莎乐美对此很恼火，所以她大动作地将烟雾从熟睡的米帕身边挥开），她说一号选项荒唐得很，应该从单子上去掉。她接着说二号选项（只有在签署声明/宣言的情况下，他们才被允许和女人们一起离开）也属于白搭，理由同一号选项一样。而且，梅耶尔说，就算我们真的决定等男人们回来后再离开，并带上同意在宣言上签字的男人，我们怎么知道他们的签字行为是不是靠得住呢？还有谁比摩洛齐纳的女人更清楚这些男人的不老实呢？

说得好，欧娜道。

玛瑞卡说：那好吧，让我们了结这事，扔下男人就是了。就三号！她啪地一拳捶在桌（夹板）上，米帕动了一下。

莎乐美叫玛瑞卡克制自己。

你从一个极端跳到另一个极端，葛丽塔向玛瑞卡抗议，起先允许任何男人，只要他们愿意，都可以跟我们一起走，可现在又要把他们统统扔下。

玛瑞卡发问，既然一号和三号选项要不就是极端、白搭，要不就是荒唐，那一开始何必写下来？为了浪费时间？为了给奥古斯特·艾普更多时间练习大字？

奥古斯特·艾普不需要再练习什么，欧娜轻语道，玛瑞卡该不是羡慕他能书会写吧。

玛瑞卡叫欧娜放宽心，说她是不会羡慕一个耕不了庄稼地、杀不了猪的娘娘腔的。

不要吵！艾格塔强调，显然一号和三号选项，从会议记录中可以看出，既不现实也站不住脚。二号选项值得怀疑，因为我们女人吃不准宣言上出现这些男人的签字有没有意义，也吃不准他们签字是不是出于真心。

所以，葛丽塔说，这么看来唯一剩下可选的就是四号选项喽。

（提醒：这是一个在符合某些条件的情况下，允许男人日后与女人会合的选项。）

玛瑞卡说：哦，你是说，写在包装纸上的，唯一剩下的选项吧。

正是，艾格塔表示同意，不过这些选项是我们大家共同拟出的，而我们也确实需要某种条理。要是还有别的选项，它们不能只搁在我们心里——我们需要把它们表达出来，并记录在册。

这是您的高见，玛瑞卡说，我的脑袋里可兜着好多选项啊。

但是，葛丽塔说，它们眼下没法帮到我们，不是吗？我们不知道它们是什么，是否行得通。如果它们和我们集体商定的、奥古斯特·艾普好心好意列在纸上的选项大相径庭，你肯跟我们说说它们是什么吗？

玛瑞卡不吭声。

奥婕说：我喜欢四号。

妮婕说：我也是。

艾格塔冲年轻女孩们微笑。奥婕和妮婕都有哥哥、弟弟，还有父亲和表兄弟们，她们是希望有朝一日与他们再见面的。

大家都赞同四号选项吗，葛丽塔问，附带条件是我们的想法将来也许会改变？再有，做任何改变一定得以一个宗旨为前提：摩洛齐纳女孩、女人的安全和摩洛齐纳男人、男孩改过自新的可能？

哦！莎乐美的愤怒化为眼泪，这是一个令人惊异的进展。她用食指摁住鼻梁两侧的眼角，不让眼泪落下来。

（这让我想起欧娜说完句子后是怎样飞快地倒吸一口气，把她说出的话吸回去的，安全。要是女人们实施了四号选项，莎乐美心爱的儿子阿伦就会被留给男人们，因为他已经超过了十二岁。尽管刚超过。

阿伦是个性情敦厚、举止温文的男孩，是我的得意门生之一，虽然他很快就要永远离开学堂，上农田帮大人干庄稼活儿了。阿伦是聚居区里的走围栏冠军。凭借天生的平衡能力，他能绕着马驹场围栏那条三英寸宽的顶梁走一整圈儿。男孩们和我用机器小零件、木料和麻绳为他制作了一座奖杯，我们的常驻烙画师科尼利厄斯，熟练地把阿伦的名字和头衔刻在奖杯底部，字体用了草体！彼得斯没收了阿伦的奖杯，并警告他——第二天也警告了我们所有人——有关虚荣和自大的后果，虽则语焉不详，但谈到了噬肉虫蛆之类的。

那天早晨，也就是彼得斯没收阿伦奖杯的那个早晨，我从课堂上请退，走进学堂后面的庄稼地。我站着祈祷。我跪下祈祷。我垂听神的话语，一个回答。但我所听见的只有自己的念头，盘蜷的蛇，以及我话语中的蛇毒：今天我终于懂得了纵火罪。我想象着我的学生们，这些摩洛齐纳的男孩，兀自留在课堂里等我——或没在等我，淘气地恶作剧、扔牲口粪便、哗笑、讥笑、畏缩、求饶、扯吊裤带、抢帽子，最小的孩子僵着笑容，祈求我快回课堂，好让大男孩们安静下来，恢复秩序，而我，他们的老师，他只有一个愿望，就是把一切统统烧光，烧成灰烬，他跪倒在地，流着泪，在学堂后面的庄稼地里。

在狱中，我的一个狱友误听说我是纵火犯，而不是无政府主义者或反基督者,他就跟我吐露了他的情感,一张交织着火、愤怒和毁灭的网。我装作仔细聆听,因为我怕他。如果他知道实情,他还会把他的情感告诉我吗?)

艾格塔用手臂环住了莎乐美的双肩。她对莎乐美说,暂时离开阿伦的痛苦只会激励她,莎乐美,以及其他伤心的母亲,为大家重建一个更好的新聚居区。

梅耶尔这时也心烦意乱了,虽说她没有会被撇下的儿子。她和莎乐美常常唇枪舌剑闹别扭,但在紧要关头总是团结一致。现在梅耶尔跨过夹板,走到莎乐美身边,紧紧拥住她。

可是,莎乐美问,如果十五岁的男孩已经跟着男人们一起进了城(十五岁是受洗以及成为正式教会成员的年纪),而十二岁及以下的男孩被允许加入女人们,那为什么十三四岁的男孩却要留给男人们,接受他们不靠谱的照顾和管教?要是我们决定离开,为什么这一小段年龄层的男孩不能和我们一起走?要是强奸犯从大牢被保释回聚居区,发现没了女孩和女人,就开始把这些十三四岁的男孩当靶子,侵犯他们呢?

梅耶尔附和:我们当然不会怕这个年龄段的男孩是不是?他们为什么不能和我们一起走?

就在这时,欧娜提了个问题,让我心头一震。奥古斯特,她说,你是这些男孩的老师。你对此是什么感觉?这个年纪的男孩对女孩、女人构成威胁吗?

为了恰如其分地回答她的问题,我必须中止记录。欧娜向我请教,我自然按捺不住内心的惊讶和欣喜,无法有条理地回答,无法用低地德语表达后又立即在脑子里翻译成英语——再几乎同时将英语译文记在纸上。所以在我尝试回答欧娜的问题时,我要暂且搁笔。

※

现在我又重新提笔,女人们则彼此说着话。

(欧娜感谢我对那问题的审慎回答。我欣喜得难以自持,正竭力抑制着自己。我希望自己能像奥婕和妮婕那样,毫不费劲就把自己变成石头人。我感到,如果我能更……克己慎行,我人生中的许多麻烦或许都能避免。)

对于欧娜的问题——十三四岁的男孩会不会对摩洛齐纳聚居区的女孩和女人构成威胁?——我的回答是,是的,可能会。我们每个人,不论是男是女,都具有潜在的威胁。十三四岁的男孩能够给女孩、女人,以及他们彼此，造成巨大的伤害。那是一个冒失盲动的年纪。这些男孩具有不计后果的冲动、旺盛的体力、经常造成伤害的强烈的好奇心、不能节制的情感（包括深切的柔情和同情心），却没有足够的经验或大脑发育，无法充分理解或重视他们言行的后果。他们就像马驹，年轻、笨拙、欢快、有力。他们身材高大、肌肉强健，是对性过分好奇而没有多少自制力的生物，但他们还是孩子。他们是孩子，他们可被教导。我是个"二流子"老师，一个当不成庄稼汉的人、"辛达"、娘娘腔，最重要的是，一个信徒。我相信，只要有人指导、施以坚定的爱和耐心，这些十三四岁的男孩，有能力重新学习他们作为摩洛齐纳聚居区男性所承担的职分。我相信伟大诗人塞缪尔·泰勒·柯勒律治就早期教育所设想的基本原则："以爱主事，则生爱。让心习惯于智的准确与真实。激发想象的力量。"在他的《论教育》里，柯勒律治以下列话语作为总结："竞争或争执中所学甚少，一切来自同情和爱。"

我向女人们这么说的时候，欧娜抬头将视线投向我，无声地用嘴型同我一起说着柯勒律治的话。同情和爱。我母亲经常在她的秘密学堂里引用柯勒律治，他是她最喜爱的浪漫主义诗人，一个形而上学的梦想者，痛苦、神秘、俊美。

我使劲对女人们点着头，几乎要哭出来，一个精神错乱的人，一个伤心小丑。我说，我认为应该允许那些男孩随女人们一起离开，假如她们选择离开的话。

玛瑞卡率先回应。这是个"是"或"否"的问题，她说，你说起来干吗这副腔调？你和其他男人一样拉屎，为什么不像其他男人一样说话？

我挠着脑袋。对不起，我对她说。

欧娜没理睬她，而是问我：奥古斯特，要是聚居区没孩子可教了，你在这里打算干什么呢？

还没等我想清楚如何回答，玛瑞卡就嘲弄地说，如果没有意外，那会是奥古斯特学几招正经手艺的大好时机，比如庄稼活儿。

没准年纪大些的男孩可以继续上学，妮婕建议，那些超过十五岁、将作为教会正式成员留下来的男孩。

奥婕点头。她（狡黠地）说，对他们中的有些人来说，补习一下可太有好处了。

是啊，妮婕说，十五岁的男孩居然还相信，朝正在挤奶的女孩扔马粪疙瘩是示爱。

奥婕哈哈笑起来。不过真心爱你的男孩扔粪球时会故意扔歪掉的,她说,或者扔起来不那么使劲。

梅耶尔和莎乐美都在摇头。

莎乐美表示(她的眼泪已是往事,成功收回眼窝,藏起来上了锁),她关于小米帕最热切的梦想,就是在某个幸福的日子,有个男孩故意朝米帕扔歪一大坨粪球。

是的,梅耶尔附和,这一天是每个母亲的梦想,是支撑我们挨过最黑暗时光的希望。

可那些男孩不能待在学堂里,玛瑞卡反对,他们要下地干农活儿、照管牲口。他们的学校在学堂之外。再说了,她补充道,如果没有女人和姑娘们帮男人干杂活儿,男人们就更需要那些十五岁男孩了。

假定种庄稼是留守男人从事的主业,欧娜说。

看在神造绿色地球的分上,那还能主什么业?玛瑞卡发问。

欧娜耸耸肩,世上当然还有其他的活法。

但不是这些男人的活法,葛丽塔说,他们当然不是做学问的人,不是这些男人。

(我刚巧瞥见奥婕和妮婕诡秘地交换眼色。)

艾格塔琢磨着这事。或许吧,她说,不过除了学者和农夫,还是有其他职业的。

接着，我发现了一件很巧合的事，欧娜引用了维吉尔的一段诗，是我母亲在她的秘密学堂里教给我们的。"那个掉转犁耙方向，再度横穿他曾垒起的田垄的人，他也是做着大好事。"[1] 而就在那一刻，我也在心里默念同样的话。

我从会议记录中抬起头，朝欧娜笑了。

这是《利未记》里的吗？玛瑞卡问。

是的，欧娜说，不错。而我假装咳嗽了一下。

梅耶尔用食指和拇指掐灭了香烟，显然是想留着待会儿再抽。她的指尖是黄色的——不，土色。

所以，玛瑞卡说，《圣经》认可农作。这很清楚了。（我想，她正朝我瞪眼，尽管她的一只眼睛因为被蹄钩[2]扎伤过而附着一层浑浊的白翳，她往哪里看，旁人常常难以判断。）

不仅如此，欧娜说，这还是个有用的比喻。

艾格塔很宽容，她会意地对欧娜的小谎言点了点头，接着请求她道：亲爱的，眼下我们正计划怎么救我们的性命，所以——

我知道，欧娜说，我是想帮忙，就这一点而言，比喻

---

[1] 出自维吉尔《农事诗》第一卷。
[2] 蹄钩是一种马匹护理工具，主要用于清洁和处理马蹄。

是有帮助的，尤其是这行诗，这个比喻，说的就是摩洛齐纳的男孩和男人，对于——

艾格塔赶快点头。不错，她表示同意。她伸手一把拽紧欧娜的手，再次坚持说，女人们该继续往下讨论。她说这话时，深深地凝视欧娜的眼睛，乞求着。艾格塔的眼睛潮湿充血，粉色和红色的血管从深色的瞳心散射而出，似沉沉落日。

欧娜不再继续说比喻的事了。

艾格塔继续说道：我们这些女孩和女人正在考虑离开聚居区，但我们要做什么，我们怎么度日，我们怎么维生，倘若我们离开，什么时候离开，这些我们决定了没有？我们不能读，不能写，不能说我们国家的语言，我们只有做家务的能耐，这能耐在世界其他地方也许需要也许不需要，然后说到世界——我们没有世界地图——

玛瑞卡插话。别再提这劳什子世界地图了，她说。

我冒着引爆玛瑞卡火气的危险，又在对话中插了一句，提出我也许能为女人们弄到一幅世界地图。

欧娜问，很快吗？

我点点头。

玛瑞卡哼了一声，张开鼻孔。

葛丽塔闭上眼睛。

艾格塔挺直了背。

妮婕问，从哪里？

我回答，克沃提查。

女人们相当惊愕。她们齐声问我，隔壁的克沃提查聚居区怎么会有这样一幅地图。

我不能透露这个信息，我解释说，为了安全，他们的安全，不过我大概能借来一小段时间，或许奥婕和妮婕可以运用她们的艺术才能，依样画葫芦摹在包装纸上。

除了玛瑞卡，其他女人看起来对这个提议颇有兴趣。

莎乐美问：在克沃提查聚居区，是不是还会有我们这个特定地区的地图？她很有见地地指出，要是她们有一幅非常详尽的地图，包括高速公路、小路、河流、铁路等，那就再好不过了。不知这样的地图是否存在。

确实，玛瑞卡说，我们可没准备去周游地球。

也许我们会去，欧娜反驳道。她补充了一条有趣的信息。你们知道吗，她说，蝴蝶和蜻蜓的迁徙周期非常漫长，以至于常常只有孙辈才能抵达计划好的目的地？

欧娜说话时，脸上焕发着奕奕神采。她再一次，大意上引用了我母亲的话。我想感谢欧娜，我想拥抱她。（不，我真正想做的是邀她在阁楼里翩翩起舞。当我们还是孩子时,我曾在马驹棚后面把她抱起来,抱着她边跑边笑,跑了一段路,她当时跟我说,别压碎了她的胸腔,不然她的心会逃跑的。)

奥婕和妮婕朝欧娜回以笑颜——虽说不清楚她们是对有关蜻蜓的细节由衷感到喜悦,还是仅仅因为逮到一个适当的机会可以微笑甚而开怀大笑。我怀疑她们假装觉得小蜻蜓的孙辈把先辈的遗骸留在身后、越过想象中的终点线这事儿挺逗,其实正在笑话同龄男孩的白痴行为。

与此同时,梅耶尔对这条奇特的信息点点头。

莎乐美从米帕张着的嘴里赶跑一只苍蝇。米帕的手脚软绵绵地垂在马鞍毯上。

你知道吗,欧娜说,这时她直视着我,舒畅地笑着,蜻蜓有六条腿,却不会走路?

我点点头,是啊。欧娜的注视为我壮了胆。而且,我说,蜻蜓长着复眼,复眼几乎覆盖了整个脑袋,让它们能同时看到一切,哪怕是最细小、最倏忽的动静。

一些女人点头并琢磨着这事。奥婕和妮婕大笑起来。

所以嘛,我慌乱地说,是啊,就是这样。

我留意到艾格塔和葛丽塔没听到这事。相反,她俩正低声交谈，揣测世界地图是怎么跑到克沃提查去的。

我悄悄对欧娜说，有个男的，一个叫约翰·凯吉的音乐家，他谱了一支要花六百年才演奏得完的曲子[1]。每几年或更长时间，弹奏一个音符。这些音符在德国一座小镇教堂里的一架特殊管风琴上演奏。

欧娜悄声回我：哦，是吗？

我：是。

欧娜：约翰·凯吉是门诺会信徒吗？

我：不。

欧娜：哦。

我：好吧，也许他是。

欧娜：是了。

此刻，两个女人在一起大笑，她们想象着，如果彼得斯发现有一幅非法的世界地图就窝藏在摩洛齐纳隔壁，不知会作何反应。

艾格塔跟我们提起一件事：在一个特别的礼拜天，彼得斯在教堂会众面前高举着厄内斯特·泰森的有机农耕指

---

[1] *Organ2/ASLSP*（*As Slow as Possible*）是约翰·凯吉的一首音乐作品，也是迄今为止表演持续时间最长的音乐。在德国哈尔伯施塔特圣布尔查迪教堂演奏的管风琴版本始于 2001 年，计划持续 639 年，至 2640 年结束。

南，作为世俗影响的佐证。厄内斯特·泰森因此被长老们处罚，八个礼拜不许他和聚居区成员接触。那些日子里，厄内斯特·泰森流浪于乡间小路，夜宿在马驹棚附带的马具房里。（现在厄内斯特老迈不记事——除了对被偷时钟的永世不忘——也是一种福气，他已经忘了自己从前的罪恶，要么全心相信神会欢迎他，让他畅通无阻地进入神的国度，要么根本不知道有神或神的国度存在。）

玛瑞卡试图把我们拉回到讨论上来。她提醒我，莎乐美问过一个问题。

克沃提查会不会还窝藏着地区地图？莎乐美把问题又重复了一遍。

我不揣冒昧地猜测有可能。

玛瑞卡问我是不是会把地区地图连同世界地图一起从克沃提查偷运出来。我保证说，只要有的话，我会的。玛瑞卡感谢了我！并承认我总归还有些实际用场。在她的语汇里，走私贩子要比教师更可取，但不如农夫那样受人敬仰。

可奥古斯特一直都有实际用场啊，欧娜说，如果不是奥古斯特，玛瑞卡觉得谁会跟我们解释地图的事呢？难道玛瑞卡瞒着大家，突然蒙受神的恩泽，既懂了地理又懂了地图绘制?

玛瑞卡一挥手,打发了问话,歪着头,用她的断指指着窗户。

欧娜提了个建议:没准女人们可以一路走,一路制作她们自己的地图。

其他人把注意力转向她,迷惑不解。

葛丽塔表示,这可是个不一般的点子——

她的话被欧娜打断,因为欧娜开始往身边的挤奶桶里呕吐。

葛丽塔说,哦,乖囡[1]。

艾格塔站起身——她的双腿直到刚才都一直高高跷着——向欧娜走去。她揉着她的背,撩开欧娜从包头巾里随意散出来的缕缕发丝,以免沾上呕吐物。

欧娜抬起头,向女人们保证她没事。

女人们点点头。这时她们的注意力转向了喘着粗气的梅耶尔。她的手正扪住自己胸口。

葛丽塔说,怎么啦?

你还好吗,梅耶尔?艾格塔问。

---

[1] 原文为德语词 schatzi,表爱意的称呼。

梅耶尔使劲点头。

莎乐美轻轻跟我解释说，梅耶尔又发病了。她走到梅耶尔身边，在她耳旁温柔地低语。她握住梅耶尔的手。

其他人低头祷告，祈求神恢复梅耶尔的平静。

梅耶尔在挤奶桶上摇晃着。接着她一个踉跄跌了下去，倒在干草堆里，身体僵硬。

莎乐美在她身边躺下来，继续在她耳边低语，拥着她。女人们祷告。

艾格塔说：万能的天父，我们满怀谦卑和祈愿，在这一刻请求您的恩慈。我们祈求您，怜悯我们的姊妹梅耶尔。求您，以您的仁善，治愈她。求您，我们祈求您，以您的力量和永世之爱环抱她，祈求您驱走此刻折磨她的病痛。

女人们继续颔首低眉，向我们的天父献上各种赞美祷辞。（我记得父亲在他失踪的前两天曾告诉我，守卫宗教圣殿的两根柱子分别是"讲故事"和"残忍"。）

莎乐美非常小心地捂住梅耶尔的耳朵，挡去女人们的祷声。

这时，莎乐美让欧娜替梅耶尔卷一支烟。她继续在梅耶尔耳边低声细语。梅耶尔似乎稳定下来，不再那么僵硬了。她停止颤抖，呼吸也恢复了正常。

欧娜替梅耶尔卷了一支烟，带着歉意递给她。自认不是卷烟老手，她对着那支烟的形状蹙起眉头。

其他女人继续祈祷，低着头，相互牵手。

梅耶尔缓了过来，她和莎乐美都回到桌边。

艾格塔说，赞美神啊。

葛丽塔叫奥婕去水泵那里取水，准备冲几杯速溶咖啡，奥婕从桌边一跃而起。妮婕紧跟而去，如一只飞燕。她们跑掉了。

莎乐美奔至窗前，喊妮婕回阁楼。

我们听见妮婕远远的叫声：不，为什么？我要帮奥婕！

由她去吧，艾格塔说。

可莎乐美又喊了一遍，接着不再说话，只是看着窗外。

妮婕回到了阁楼。

看得出艾格塔对莎乐美不悦，但她没多言语。

玛瑞卡这时宣称，梅耶尔的发病是女人们自己创造地图的念头引起的。倒不是对动手自制地图感到心慌，她解释说，而是因为它暗示着：我们是自己命运的主人。我们将要出发前往一个未知的地方。

是啊，艾格塔说，理所当然会有人心慌……

梅耶尔吐出烟圈。我没心慌，她说。

是啊，艾格塔说，可碰上这种情形，心慌是可以理解的。

可我没有，梅耶尔说。

艾格塔朝天花板瞥了一眼。

一时无话。之后，葛丽塔讲了一则趣闻，来提一提大家的兴致。有三年光景，她说，她只能倒着走，不能正着走，因为腹股沟那里受了伤。（我猜想，准备动身却不知往哪儿去的想法，牵动了这段记忆。）

才一会儿工夫，另一件事又落到我们头上，让对未知惴惴不安的梅耶尔转移了注意力。

奈蒂（梅尔文）·葛布朗特又一次爬上梯子，来到干草顶阁，这一次她抱着玛瑞卡最小的儿子朱利乌斯·洛文，小孩看起来伤心欲绝。

葛丽塔举起胳膊伸向上苍，天哪，怎么了？

奈蒂（正如我所说的，自袭击事件发生后，她只跟孩子们说话）把小朱利乌斯往玛瑞卡大腿上一塞。她打着手势，指指男孩的鼻子，表示——就我能解读出来的——不知如何是好。

艾格塔心平气和地问奈蒂,可不可以破例,请她通情达理,把情况的原委说出来。阁楼里只有女人,她指出。(我一动也不敢动。)

奈蒂不吱声,思索着艾格塔的请求,而朱利乌斯在玛瑞卡的怀里号啕大哭。

他出了什么事?玛瑞卡急着问,盖过了喧闹声。

奈蒂,艾格塔说,现实一点。朱利乌斯怎么了?

最后奈蒂开口了,不过她是面朝朱利乌斯说的。她说小朱利乌斯把一粒樱桃核塞进了鼻孔,她没法取出来,反而把樱桃核越推越往里面了。

女人们立刻有了反应。她们又一次交头接耳起来,我无法把谈话一一记录。

欧娜将两根手指放进嘴里,吹响一声口哨。(多么迷人的一招!也很实用。)

其他女人打住话头,都望着她。

欧娜的双目之间有两道不显眼的纹路,是向她发际延伸但消失在半途的小小铁轨。朱利乌斯把樱桃核塞进鼻孔,她说,也就是说朱利乌斯吃了樱桃或手边有樱桃。我们摩洛齐纳没有樱桃。我们吃的樱桃向来是由进城做买卖的长老带回来，作为对聚居区成员的犒劳的。

女人们都不作声，消化着这个信息。艾格塔一动不动，目光凝定。

莎乐美咒骂着走向窗口。

葛丽塔冲下面喊奥婕，她刚从水泵那儿回来，还没走到通往干草顶阁的梯子。去打听一下是不是有男人已经从城里回来了，她说，要是他们回来了，想办法弄清楚是哪些人。

还有，她又冲下面喊，要是有男人问起他们的女人在哪里，告诉他们说露丝和雪莉今年春天崽子下不出来，有麻烦啦。

听了这话，艾格塔表示反对。她指出，聚居区的男人们知道露丝和雪莉去年没交配，所以不可能指望它们今年春天下马驹。她朝下面的奥婕喊话，要是男人问，就告诉他们，他们的女人去照料一个难产的姊妹，正在生，在克沃提查！

这话得到了其他女人的赞同。没有一个摩洛齐纳男人会干扰（或关心）生孩子这回事，尤其是还远在克沃提查。

艾格塔叫奥婕把头巾戴回去。奥婕和妮婕两人把头巾轻灵地缠在手腕上，这是摩洛齐纳少女们在没有男人在场时的新潮做法。

轮到玛瑞卡朝她女儿喊话了：告诉男人，我们在衲被子，不过说你不知道在哪家哪户，说我们缝被子得缝到夜里，因为从合作社来了一个迟下的大订单。

一点说明：合作社向游客出售门诺人物品。摩洛齐纳的女人提供物品，但被禁止参观合作社和支配销售获得的钱。

啊，莎乐美说，这个说法妙。衲被子的女人附近是看不到摩洛齐纳男人的。她站在窗前，望着奥婕说，瞧她，在跑呢。

莎乐美从窗前转身面向女人们。她对妮婕说，现在你得跑到每家每户去通知女人们，要是她们撞见男人，要是他们问起，就告诉他们，我们中的一些人为了完成被子订单得赶夜工，其他人去克沃提查照料我们一个难产的姊妹了。男人会要东西吃的。提醒女人们跟那些男人说，要是他们是这个阁楼里随便哪个女人的男人，就说我们已经在菜橱里留下汤和面包了。男人们一早就又要离开，他们会明白这些事我们忙了一整夜，没空送他们上路的。

妮婕没有立马动身。

莎乐美催她，快走，快走！

妮婕这才懒洋洋地从她坐着的挤奶桶上站起来，也不吭声，先伸了个懒腰，再整理了一下头发，直到莎乐美怒不可遏地吼她的名字，妮婕！

这时，玛瑞卡已经顺利地把樱桃核从朱利乌斯的鼻孔里取出来了，办法是用嘴吸，就像从蛇咬的伤口吸出蛇毒，或从警车里非法抽取汽油一样。朱利乌斯正开心地啃着一截烂皮革，这块皮革是厄内斯特·泰森马儿的旧马笼头上的。艾格塔告诉奈蒂，她可以走了，应该回到其他孩子身边去。朱利乌斯就暂时留在阁楼里。

可玛瑞卡请奈蒂等一分钟再走。朱利乌斯是怎么拿到樱桃的？她问。

接着她又问，是不是克拉斯？（玛瑞卡自己的丈夫。）

奈蒂回答，但还是冲着朱利乌斯说的，她只望着他，而这小孩正玩着、啃着，对此浑然不知。她解释说，当时朱利乌斯和几个年岁稍大的孩子在院子里，其中一个孩子瞥见一英里路上有驾轻便马车，这个大孩子，可能是班尼·艾迪斯，就怂恿其他孩子，包括朱利乌斯，他正骑在一个强壮孩子的肩上，去迎接那驾马车。他们回来时，带回一纸袋樱桃，在孩子们中间传来传去分着吃，然后朱利乌斯就因为樱桃核遭罪了。

玛瑞卡问奈蒂：这么说你不知道谁在马车里？

奈蒂朝着朱利乌斯说：我不知道。

梅耶尔说：我担心那些投票给"什么都不做"（指对袭击的回应）的女人。要是男人回来了，很有可能，这些女人会透露消息给男人说我们正在策划暴动。

玛瑞卡嗤之以鼻，这不是暴动，用词欠妥。

莎乐美叹了口气，被激怒了：玛瑞卡，你一刻不停地给我们的会议捣乱，你总是在某些事，任何事，多数是莫名其妙、荒唐透顶的事上，把自己当成权威。要是没人反对你，你就硬说自己是对的。有人挑战你，你就变得歇斯底里。

错了，玛瑞卡抢白她，那是你，莎乐美，也许是在座其他弗里森家的女人，那些把语言精准、用词贴切的荣耀挂在嘴边的人。再说在这件事上，"暴动"一词显然是错的，因为暴动牵涉暴力，而暴力并不在我们摩洛齐纳女人的计划之中。

欧娜恳求女人们保持冷静。我们的会议必须继续下去，她说，玛瑞卡是对的。用"暴动"来描述我们的计划并不准确。等我们拟出明细，再来找出一个恰当的命名。

她回到梅耶尔先前提出的，有关"什么都不做"那一派女人会透露消息给男人的风险。确实是这样,她说,这些女人会拒绝犯谎言罪。我们只得信任这些女人,信任她们被问起我们在哪里时,为了保持清白,会推说她们不知道,或会巧妙地,尽管是诚心诚意地,规避掉这个问题。

(对于这一点,我强迫自己不说话,不加以批评,不提出质疑,不居高临下地纠正欧娜的信任观,不流露一丝我对背叛、对阴损心思,尤其对疤脸扬泽的担忧。我默默地祈求神,宽恕我的罪孽,宽恕我的猜疑,让我也充满与欧娜一样的信任,信任她的聚居区姊妹们,信任我们所有人,信任善。)

欧娜继续说,她担心那几个暂时返回摩洛齐纳的男人会牵走女人们日后会用得到的马匹和/或牲畜,这些动物女人们可以卖掉,也可以提供一路上的维生之需。

玛瑞卡问:一路上?我可不知道我们已经决定了去留。我唯一意识到我们已经决定了女人们不是动物。即使那个结论,也没得到大家百分之百的共识。

是啊,欧娜承认道,我们确实还没彻底决定要离开。但如果我们真要离开,我们需要尽可能多的动物。

我们怎样才能阻止男人牵走动物呢?葛丽塔问欧娜,要知道他们回来就是为了这个。

欧娜有个建议：没准我们可以通过奈蒂（她还逗留在干草顶阁里没走）传消息，说自从男人进城，动物们都患了病，被隔离起来了？

梅耶尔提醒欧娜，奈蒂是不跟大人说话的。

玛瑞卡指出，隔离的故事又是一个谎言、一宗大罪。我们不仅自己触犯谎言罪，她说，还教唆我们的女儿撒谎。要是我们撺掇奈蒂也去撒谎，我们还会犯下利用傻瓜罪。

莎乐美举手。奈蒂不是"傻瓜"，她声明。奈蒂的异常行为——给自己取男孩名字，只对小孩说话——是对她长期遭受可怕至极的侵犯的反应，是一种可以理解的反应。

我们都是受害者，玛瑞卡说。

不错，莎乐美说，但我们的反应各不相同，不存在一种比另一种更恰当或更不恰当。

玛瑞卡一挥手，打发了异见。她继续自己对谎言命题的阐述。当然，她说，撺掇别人为我们撒谎比起我们自己撒谎，罪孽更深重。而撒了这谎（关于女人们的下落，关于衲被、接生等），我们怎么得到宽恕呢？如果那些被我们骗的长老不宽恕我们，那些一旦我们的出走计划付诸实践就再也看不到的人们不宽恕我们，为此我们丧失悲悯之心，心灵陷入黑暗，无法进入神的国，怎么办？

也许，葛丽塔说，会有别的长老、教士能够宽恕我们的罪孽，只是那些人我们还没遇见。

一听这话，莎乐美爆发了。她扯起嗓门，吵醒了米帕，朱利乌斯也停止啃皮革。我们不需要得到教士的宽恕，她大喝道，因为我们保护了我们的孩子，让他们不受歹毒男人的摧残，这些歹毒男人往往就是我们请求宽恕的对象。如果神是一位慈爱的神，那他自己会宽恕我们。如果神是一位复仇的神，那他用自己的形象创造了我们。如果神是万能的，那他为什么不保护摩洛齐纳的妇女和女孩呢？根据我们明智的主教彼得斯的说法，如果神在《马太福音》里要求"让小孩子到我这里来，不要禁止他们"[1]，那么当我们的孩子被糟蹋时，我们难道不该认为这是禁止小孩进入天国吗？

莎乐美顿了顿，也许是为了歇口气……

不，不是为了歇气。莎乐美继续大吼，说她要摧毁一切伤害她孩子的生物，她要把它从头到脚撕碎，她要亵渎

---

[1] 语出《旧约·马太福音》19:14。全句为："让小孩子到我这里来，不要禁止他们，因为在神国的正是这样的人。"

它的躯体，她要活埋它。如果她是为了保护自己的孩子不受恶魔践踏，并消灭恶魔，好让它不再残害其他人，如果她是为此犯下罪孽，那么当神降罚于她时，她要当场向神挑战。她要撒谎，她要追击，她要杀戮，她要在坟冢上舞蹈，在炼狱永世被焚烧，也不会让另一个男人拿她三岁孩子的小小身体满足他的兽欲。

不，艾格塔轻声说，不要舞蹈。不要亵渎。

米帕哭了起来，而小朱利乌斯在笑，他弄不懂是怎么回事，眼睛亮晶晶的，如小小珍珠。

梅耶尔走到莎乐美身边，就像莎乐美先前走到她身边那样，伸出双臂拥住莎乐美。

欧娜从干草堆里抱起米帕，给她唱歌，一支有关鸭子的歌。（欧娜还记得我听见鸭子发出的声音时感到的快乐和慰藉吗？）

艾格塔只悄声让奈蒂回到其他孩子身边去，便缄口不语了。而葛丽塔和玛瑞卡也相当沉默。

奈蒂爬下阁楼的梯子。

我们/我的耳畔只有欧娜的声音。她唱歌时很活泼俏皮，当鱼儿扇动鱼鳍潜游时，她快速地唱着歌词；当鱼儿贴近水面晒太阳时，吐词又变得轻缓。孩子们安静了，听得入迷。欧娜继续唱着那支鸭子游大海的歌,一、二、三、四。

欧娜问孩子们知不知道大海是什么,他们朝她扑棱着四只大大的蓝眼睛,蓝得像大海。欧娜把大海描述为另一个世界,一个我们看不见的世界,一个在水下生活的世界。她把海里的生命,而不是大海本身,定义为大海。她讲着鱼儿和其他生灵。

最后,玛瑞卡来打岔了。大海就是一片很大的水而已,不是别的什么,她跟孩子们说。他们是孩子,欧娜,她解释道,怎么能指望他们明白看不见的事情呢?再说了,你也从来没见过大海。

莎乐美笑起来。她说,水下的生灵并不是隐形的。它们不是无法被看见。只是我们在这里看不见罢了。我的老天爷。

你对孩子的感受太无知了,莎乐美,玛瑞卡道。

哦,莎乐美说,是吗?如果我允许我的孩子被一个像你家克拉斯一样的蠢货糟蹋得遍体青紫,我是不是就对小孩如何感受隐秘的世界不那么无知了?

玛瑞卡一惊,沉默了。

莎乐美,梅耶尔道,你这话就说不通了。她建议莎乐美吸一口她的烟。

欧娜默默地表示赞成。我知道她觉得莎乐美的攻击莫名其妙,而且有失分寸。我之所以知道,是因为她望着莎乐美,皱起眉,就像我先前所见(沿着她的额头,消失于半途的铁轨)。总的来说,欧娜容忍她妹妹的暴怒,应对它们审慎有加。也许这些年来她已经明白,跟她妹妹对着干不会有什么善果。

艾格塔似乎能读出我的心思,这时她建议我们来想一想什么是善。她诵读了一段《腓立比书》:凡是真实的、可敬的、公义的、清洁的、可爱的、有美名的,若有什么德行,若有什么称赞,这些事你们都要思念……赐平安的神就必与你们同在。

其他女人都在等别人先开口,回答艾格塔提的什么是善的问题。事实上,大家对于艾格塔这番苦心,反应似乎并不热烈。

莎乐美完全绕开这个问题。要是我留在这里,我就会变成杀人犯,她朝她母亲说。(我假定她的意思是如果她留在聚居区,而且在被俘男人获得保释从城里返回时,她还留在这里。)

还有比那更糟的事吗?莎乐美问艾格塔。

艾格塔点头。她继续点头。她绷紧嘴，一边眨眼一边点头。她的手掌根部抵在桌子上，但手指垂直朝上，指向干草顶阁的横梁，指向神，指向意义。其他女人都不说话。反常。

我曾在一本名画画册里看见过米开朗琪罗的《创造亚当》，那画册是一位瑞士游客留在合作社里的。画册经我父亲在聚居区里偷偷传阅，但老彼得斯最终发现并毁掉了画册。传说那画册被他一页一页地撕下，一页一页地烧掉——只是为了让他有机会把所有名画一一仔细看过。毕竟，一个目的明确、要务缠身的人会把东西一把火点上，然后扔进火箱去。

女人们仍然反常地沉默着。

我之所以提到名画画册，是因为艾格塔指向神的手指。这从某种意义上，让我想到《创造亚当》。又因为干草顶阁里安静极了，而我想要表现得勤奋些，我在此地的职责便是书写——我的第一反应是，这是可以写下来的东西。

女人们仍然不说话，想着何为善、公义、可爱、清洁，诸如此类。也可能在想着其他事。我不知道她们在想什么。想到纵火，也许。因为想着《创造亚当》，我想到了有关人类手指的另一事实。

人类手指可以感知小到十三纳米的微细东西，也就是说，假设你的手指如地球一般大，你能够感觉到一座谷仓和一匹马之间的差别。我要记得跟欧娜说此事。我还想跟她说说米开朗琪罗的《创造夏娃》(西斯廷教堂天顶壁画中的第五幅)，那幅远不及《创造亚当》那么著名和受欢迎。在《创造夏娃》里，亚当无知觉地倚躺在一块磐石上，而夏娃裸身站着，向神乞求着什么。会是什么呢？在这幅画中，神降临大地，不再飘于云端，他漫不经意地伸出手指。这一回，神显得严肃、热切。他降临大地是来与夏娃说话……还是应夏娃的告求而来？他为什么撇下他那群小天使呢？

画中，夏娃正向神恳求，乞求，哀求……也许是在说理，就好像她内心笃信她有能力复原基督教至其初始的庄严神圣。她这么做是背着睡卧于地的亚当的，似乎暗示她知道他会不赞同。但不赞同什么呢？不赞同她与神私自会面？还是不赞同她所说的话？

另一条合作社相关的信息：合作社朝南的墙上钉着一张褪了色的照片。那是发表在英国《卫报》上的一张照片，是许多年前，一位来到摩洛齐纳观察门诺会信徒的专业摄影师拍的。也就是这位摄影师最先向我父亲提起英国这个地方。照片上是我们聚居区的几个年轻男女。下面的说明文写道：门诺会信徒们喜欢临睡前在星光下聊一会儿天。

在这张夜晚拍下的照片上，我们看见门诺女孩们坐在户外的塑料椅上，坐在星光灿烂的夜空下。似乎在这些聊着天的门诺会信徒的头顶上方，刚发生了某件灾难性的、但未被觉察的事件。天空正开始变为芥末色的暗黄。背景里有两个男人，彼此说着话。有两驾马车和两匹马。还有一栋房舍、一棵树和一座筒仓。照片上其中一个女人是欧娜。她纤瘦、年轻，身体前倾，正听着另一个女孩说话。她修长的手指攫住塑料座椅的扶手，就好像她随时准备往前冲，或往头顶上那片苍黄的天空发射自己。

欧娜当然没见过这张照片，但总有一天我会告诉她。袭击事件发生后，世界各地许多摄影师在合作社驻足，探问去聚居区的路。彼得斯下令不许合作社里的任何人与这些旅人交谈。铁匠海因兹·葛布朗特的铁匠铺就在合作社隔壁，他在教堂里告诉我，有一家美国报纸将一份剪报寄到了合作社。起初那剪报被投在他的铁匠铺里，因为合作社的门上了锁。海因兹·葛布朗特就携信去了合作社。他记得自己把信拿得离身体远远的，好像那是一件滚烫、危险的东西。标题写着：恶魔以七幽灵之面目，出现在摩洛齐纳聚居区的女孩和妇女面前。海因兹·葛布朗特告诉我，彼得斯看到这份剪报时，点头表示同意。不错，他说，确实如此。"把男人扔到荒野里，监禁他们，虐待他们，把他们悬在地狱的边缘，这就是你们的下场。"

我问海因兹·葛布朗特，彼得斯是不是真这么说了。海因兹表示肯定。海因兹告诉我这是彼得斯噙着泪对他说的，当时他俩正在翻修教堂屋顶。

可是，他怎么还能继续在这里，像现在这样当摩洛齐纳主教？我问海因兹。

海因兹摇摇头。他也不知道。他建议我们琢磨琢磨那句话："把男人扔到荒野里，监禁他们，虐待他们，把他们悬在地狱的边缘，这就是你们的下场。"

海因兹和我站在通往聚居区边界、通向摩洛齐纳之外的路上，一遍又一遍地低声念叨这些话，试图搞清楚彼得斯的意思。或者，为什么他说这些话时噙着泪。或者，他为什么要说这些话。

海因兹·葛布朗特离开了摩洛齐纳。他带着老婆孩子走了。据说他在听到彼得斯说恶魔确实造访了摩洛齐纳的女孩和妇女之后，害怕极了。据说海因兹·葛布朗特不够男人或不够笃信，接受不了真相。据说海因兹·葛布朗特动辄灰心，世界将会摧毁他。彼得斯正式将海因兹·葛布朗特逐出教会，但大家都知道这一裁决立不住脚，因为海因兹·葛布朗特是主动离开教会和聚居区的。

海因兹·葛布朗特送了我一件礼物，一块马蹄铁。他们说它会带来好运，他说。在摩洛齐纳，好运是不存在的。相信好运是罪。哭是耻。一切皆为神意，在神的造物中，无侥幸可言。倘若神创造了世界，我们又为何不在这世界中呢？

我会记住海因兹·葛布朗特。

女人们依旧沉默着。欧娜走到我坐的地方，视线越过我的肩往下看。她会把手落在我肩上吗？我写的时候，她望着我。我的笔在发抖。她不识字，所以我可以写下这些字，欧娜，我的灵魂属于你，而她不会知道。

她打破了沉默。奥古斯特，她说，我知道这些是什么（她指着字母）。它们是字母。可那些小东西是什么呢？

我告诉她那些是逗号，它们在文字里表示短暂停顿或呼吸。

欧娜笑了，然后吸了口气，好像要把她的话倒吸回去，把它们收回她体内，也许是要把那些字句、那些叙事、她的……交给她未出生的孩子，她没再说什么，而我费劲地想有所回应。

知道吗,我说,有一种蝴蝶名叫逗号?

欧娜倒抽了一口气。

多么异样的反应,可称滑稽。

是吗?她问。

是的,我说,叫它逗号是因为——但欧娜止住了我。

别,她说,让我猜一猜。是不是因为它从树叶到茎到花瓣,一路上点一点、歇一歇就飞走?因为它的行程就是它的故事,从不停止,只是暂歇,一路翩跹飞行。

我微笑,点头。正是,我说,就是这个原因!

欧娜拳击掌心,啊哈!她回到自己的座位。

但这并非实情,逗号蝴蝶并非由此得名。况且文字里、旅途中还有句号。停止。真实的原因,说来没趣,是这种蝴蝶蝶翼下侧有一逗号状的斑点。

我不知道自己为什么任由她相信不真确的说法,但总有一天我会明白的,也许。

※

啊,女人们有了动静,遐想结束了。我继续做会议记录。

艾格塔说话了。

莎乐美，她说，没有比成为杀人凶手更糟糕的了。要是留在聚居区，你就会变成一名谋杀犯，与侵犯女人的男人为伍，与进城保释等待庭审的男性强暴者为伍，那么为了护卫你自己的灵魂，为了有资格进入天堂，你非得离开聚居区不可。

玛瑞卡蹙眉，对艾格塔的推论不以为然。我们并不都是杀人凶手，她提出异议。

现在还不是罢了，欧娜说。

艾格塔点点头。玛瑞卡，她说，对施暴的男人，你有过想要杀掉一个或杀得一个不剩的念头吗？

从来没有，玛瑞卡说，那多愚蠢。

你从没想过让这些施暴男人死掉吗？艾格塔问。

玛瑞卡勉强承认说她有过，但一起念，就马上求神饶恕她。

要是这些男人近在咫尺，你认为你会杀意倍增吗？艾格塔紧追不舍，要是这些男人每天都在你眼前晃，而且他们处于支配你和你孩子的地位，彼得斯还要求你服从他们？

是的,玛瑞卡说,我猜在那种情况下,我会杀意倍增。

哦,莎乐美说,所以说你也是有杀人的念头的。

没有,玛瑞卡说,我说过了。我只希望那些男人死掉。

这就是我们必须离开的原因,艾格塔总结道。

其中一些女人,包括玛瑞卡和葛丽塔,欲张嘴反对,葛丽塔则将双臂举至空中。

但艾格塔继续往下说,我遵《腓立比书》的指示做了,就是去思索什么是善,什么是公义,什么是清洁,什么是有美名的。而我得到了一个答案:和平主义。

和平主义,艾格塔说,是善。任何暴力都是非公义的。倘若留在摩洛齐纳,她说,我们女人就会背离门诺派信仰的核心教义,即和平主义,因为留下来,我们就有意把自己置于与暴力——出于我们或针对我们——的直接冲突中去。我们会引来伤害。我们会处于大战之中。我们会把摩洛齐纳变成战场。倘若留在摩洛齐纳,我们会变成失格的门诺徒。根据我们的信仰,我们会成为罪人,我们会被拒绝进入天堂。

梅耶尔深长地吸进一口烟。之后吐出来,点点头,艾格塔是对的。

那么，就让我们赶紧行动起来，梅耶尔说。

可如果留下来抗争，玛瑞卡反对道，我们还是有希望为我们的孩子争得和平。我们会维护聚居区的完整，会继续远离世界，不涉入其中，那也是我们门诺派信仰的另一核心教义。

不错，艾格塔说，可我们的信仰中，并不存在任何信条，要求我们与激起我们暴力念头的男人厮守，与之一道远离世界。

欧娜向玛瑞卡发问，你果真想要留下来而不做斗争不成？你上一次有能力反抗克拉斯的攻击、保护自己或自己的孩子，是什么时候？

玛瑞卡被激怒了。她站起来，下巴紧绷，眼睛冒火。你算老几，她质问欧娜，你既非人妻也非人母，也配告诉我怎么为人妻、为人母？你不过是个做梦痴人、蠢货怪胎、老姑娘、受纳尔法诅咒的疯女人、疯子！

我尽量飞快地写，但我跟不上玛瑞卡。她叫欧娜婊子、未婚母亲。

莎乐美此刻从她的挤奶桶上站起来了。她朝玛瑞卡吼过去。她说欧娜和其他许多人一样，被迷昏，被强奸，结果怀上了孩子。玛瑞卡怎么敢叫欧娜婊子。神创世时，迫使亚当昏睡，在他睡着时，神取下他的一条肋骨，用那肋骨创造了夏娃。难道亚当也是婊子吗？

玛瑞卡吼回来，亚当是个男人！

莎乐美不理她，吼道，难道那事是亚当自己招来的吗？他保护得了自己吗？

（记一笔题外话，供日后思考：考虑到我刚才凑巧在笔记本上写了有关米开朗琪罗壁画的内容，我对莎乐美的说法甚感好奇。）

莎乐美继续大吼，嗓音沙哑：玛瑞卡，难道你不怕你的小可爱朱利乌斯会变成他父亲那样的恶魔，因为你不做任何事来保护他，来教育他，让他知道他父亲的恶行劣迹，邪妄堕落……

艾格塔一瘸一拐地（她的水肿仍是个麻烦）走到莎乐美站着的地方。她捋着莎乐美的头发，轻声劝她女儿坐回挤奶桶，她嘀咕着什么但我听不真切。艾格塔一只手抚摸莎乐美的头发，另一只手揉搓着自己的眼睛，弄出啧啧的声响。

莎乐美轻轻将她母亲的手从眼睛上挪开。别，她说，那声音。你揉得太用力了。

艾格塔微笑，温存地。

莎乐美疯了，玛瑞卡说，她开始胡说八道。

玛瑞卡转身面对欧娜，又说：你算老几评判我？

欧娜迎着玛瑞卡的目光微笑。那不是评判，她说，而是一个问题。

艾格塔倾过身去，对欧娜耳语。

欧娜向玛瑞卡道歉，玛瑞卡则建议欧娜采取一种我不能提及的残酷行为。（在此我要提到，玛瑞卡还用蹩脚的英语对欧娜说"滚掉它"。外界那么多事物都被挡在了摩洛齐纳之外，然而咒骂，如同病痛，总能伺机而入。）

玛瑞卡！葛丽塔说，坐下，肃静。

玛瑞卡坐下，弄出很大的声响。

梅耶尔和莎乐美合抽着一支烟，等待着，看来，是在等尘埃落定。

艾格塔继续抚摸莎乐美的手臂和头发。她又开始揉搓自己的眼睛，弄出啧啧的小小声响。

莎乐美蹙眉，再次说，母亲，别。

玛瑞卡不作声。

妮婕轻声说，应该是"滚开"，我想。其他人点头表示同意。

欧娜又一次道歉，补充说，她也在琢磨《腓立比书》里的句子，思考什么是善。自由是善，她说，胜于屈从。宽恕是善，胜于复仇。对未知事物抱有希望也是善，胜于对熟悉事物报以憎恨。

玛瑞卡异样地沉住了气。她真诚而不带嘲讽地向欧娜提问，那么保障、安全、家庭和家人呢？婚姻、服从和爱的神圣性又如何呢？

我不了解那些事，一件都不了解，欧娜说，除了爱。甚至爱，她说，在我看来也捉摸不定。我相信我的家就是和我母亲、我妹妹、我未出生的孩子在一起，他们在哪儿，家就在哪儿。

玛瑞卡问：你不会憎恨你未出生的孩子，因为他或她是那个激起你暴力念头的男人的孩子？

我已经爱这孩子胜过一切了，欧娜说，他或她就像落日一样无辜、可爱——

她望着我。我屏住呼吸，抓挠头皮，恳求宽恕，可为了什么，或为谁，哦这转瞬即逝的夕晖——

就像，欧娜说，孩子的父亲，在他刚出生的时候，也是如此。

且慢，梅耶尔说，我不同意。那男人生来就是恶魔。

神把他带到世上来，是为了考验我们，考验我们的信仰。

莎乐美冷笑一声：不就是你，梅耶尔，几个月前还说所有施暴者都是魔鬼雇来的？所以到底是谁？难道在你看来神和魔是同一人不成？

梅耶尔翻了个白眼说：哦，去他的，我不知道了。

我不想再听见这种用词了，葛丽塔厌倦地说。

艾格塔弄出些小小声响。她在哭吗？不，她没在哭。她揉眼睛揉得太用力，就像莎乐美说的那样，弄伤了自己。

玛瑞卡继续她的提问，模样依旧镇静。要是欧娜说宽恕是善，胜于复仇，她是不是在暗示我们必须宽恕摩洛齐纳的男人，尤其那些施暴者，而不是靠报复来伸张公义？如果是这样，是不是可以留在摩洛齐纳，宽恕那些男人？

但摩洛齐纳的男人，尤其那些施暴者，并没有请求宽恕，莎乐美指出。

没错，玛瑞卡说，但彼得斯会执意叫施暴男人请求宽恕的。然后，我们为了不触犯渎神罪，不面临被逐出教会和流亡的风险，就得宽恕他们！

葛丽塔此刻将头枕在桌上，她的假牙旁。（一只小老鼠，也许和刚才是同一只也许不是，正从阁楼地板上蹿过。为什么你们为数众多，你们又要去向哪里？）

宽恕如果不发自内心，欧娜坚持道，那就是白搭。我们唯一要做的是护卫我们神赐的灵魂。我们必须发自内心地宽恕摩洛齐纳男人，不管彼得斯或其他人对我们有什么期望，哪怕那些男人自己不请求宽恕，哪怕他们直到进入坟墓都一口咬定他们是无辜的。

所以，你认为维护自己灵魂的状态比听命于神更重要？玛瑞卡说。她现在有些沉不住气了。

它们是一回事，说实在的。欧娜说得不紧不慢，我相信我的灵魂，我的本质，我无形的能量，是神存在于我，我也相信通过给我的灵魂带来安宁，我就是在向神致敬。如果我能够理解这些罪孽是如何发生的，我就能够宽恕这些男人。而我几乎能够——当然是远距离地——怜悯这些男人，爱惜他们。爱是善，胜于复仇。

玛瑞卡又站起来。欧娜简直荒唐，她愤愤然道，她说的每一句话都荒唐透顶，亵渎神灵，败坏道德。

葛丽塔疲倦地抬起头，接着抬起胳膊，但没举到刚才的高度。她又一次恳求玛瑞卡坐下。

艾格塔开口了。欧娜，她说，你这说法有道理。你提到隔着远距离，宽恕、怜悯和仁爱是可能的。而要坚持我们的门诺派信仰，我们就要做到这几点。所以，真的，为了获得你所说的这一距离，我们必须离开。或许我们可以称它为视角。一个新的视角，一个理性、理解，兼及仁爱、顺从的视角，并且与我们的信仰一致，一切齐备。离开是我们的责任。你们同意吗，那个词是"视角"，而我们有了一定距离，就能拥有它？

不是战斗，而是向前，欧娜说，永远前进。从不战斗。只是前进。总是前进。她似乎陷入某种恍惚中。

玛瑞卡叫欧娜清醒点。

你自己清醒点吧，玛瑞卡，莎乐美说。

大家都醒醒，集中注意力，梅耶尔说，你们都疯了吗？她猛地一指窗口，外面夕阳渐沉。

葛丽塔此刻已经坐直，跟我们讲起她的马儿露丝与雪莉的新故事。

几个女人出声抱怨，但她不予理会。

过去，葛丽塔说，摩洛齐纳与克沃提查之间的那条道路一直叫她害怕。路很窄，两边的水沟又特别深。直到她学会聚"睛"会神只望前方，望路的尽头，而不是盯着马儿脚下，她才有了安全感。在她学会这样看路之前，葛丽塔说，她的马车会一路左摇右晃，叫人提心吊胆。露丝和雪莉只是遵从她用马缰绳甩出的指令,可她的指令是又慌又急又危险。离开会带给我们更有远见的视角,我们需要通过这视角来宽恕,而宽恕,根据我们的信仰,就是好好地爱,并保持和睦。因此,我们的离开不是怯懦、抛弃、违抗或叛逆之举,因为我们并不是被逐出教会或被迫流亡。这会是至高无上的信仰之举,也是信仰神永恒之善的壮举。

那我们会拆散家庭的事实呢?玛瑞卡问,把我们的孩子从他们父亲身边带走?

我们的责任是对神的。(艾格塔)

确切地说——是对我们的灵魂,它们是神的显现。(欧娜)

欧娜,让我讲完。(艾格塔)我们的责任是护卫他创造的生灵,也就是我们自己和我们的孩子,并为我们的信仰作见证。我们的信仰要求我们恪守和平主义、爱和宽恕。倘若留下,我们就要拿这些事去冒险了。我们将与施暴者开战,因为我们已经知道我们——好吧,我们中的一些人——想要杀掉他们。倘若留下,我们唯一能给出的宽恕是被迫的而非真心的。倘若离开,我们很快就会达成信仰要求我们的那些事——和平主义、爱和宽恕。我们会教导我们的孩子，这些就是我们的价值观。倘若离开，我们会教育我们的孩子，他们必须追求这些远高于他们父亲期望的价值观。

这是不是渎神？玛瑞卡追问。

其他人默不作声。

好吧，所以我们离开，玛瑞卡继续说，那么，道德上呢？我们无可指摘吗？我们遵从神的旨意行事。可是，我们饿了怎么办？害怕了呢？

饥饿和恐惧，欧娜反对道，是我们和动物共通的。难道要让对饥饿的恐惧和恐惧本身成为我们的向导？

玛瑞卡朝欧娜皱起眉头：你这是在说什么？我们当然得考虑饥饿和恐惧。

梅耶尔举手。

只管说吧，葛丽塔道。她看上去精疲力尽，脸色苍白。

梅耶尔巧妙地提起露丝和雪莉，如果没有人在缰绳上使的那把劲，马儿会让自己放远目光，遥望道路，而不只看脚跟前那一点地方吗？如果没有人的指挥，马儿会懂得如何避免掉进水沟里吗？

你为什么问这个？莎乐美插嘴，你是不是想说，如果我们遵循我们天生的动物本能去应付害怕、饥饿或对跌倒的恐惧，我们就能以某种方式找到视角，获得和平？

梅耶尔打了个哈欠。我只是在自己琢磨，没想到说出声了而已，她说。

可莎乐美抓住话头不放：的确，就像欧娜指出的，饥饿和恐惧是我们和动物共通的，而不是智慧，智慧让我们建立视角或距离，以更好地评估情况。

不对，玛瑞卡说，这也不对。动物，哪怕虫子，完全有能力获得视角。欧娜自己先前不就提到蜻蜓有着从长计议的能力吗？它们是如何在知道——与其说知道，不如说凭本能理解——自己看不到旅程的终点而只有它们的后代才会看到的情况下，来制定行动方案的呢？

哦，莎乐美说，我们不知道蜻蜓在想什么，或它们是不是在想。你把那个叫作所谓的视角，我就吃不准了。

我为什么不能？玛瑞卡问。

因为这可能不是对的字眼，莎乐美说。

有什么区别？玛瑞卡问。

区别大了，莎乐美说。

玛瑞卡突然改变话题，转向我。她问我刚才女人们沉默时，我在写什么。如果我的任务是把女人们说的话译成英语，记录在纸上，我当时为什么还在写个不停？

我回答（又惊愕又窘迫）：我不明白她指的是什么。

但玛瑞卡并不满足。刚才，她说，你在写东西，但我们并没有说话。那你在写些啥？

我就回她：我写了我在合作社看到的一张照片和米开朗琪罗的一幅画。

玛瑞卡点点头——是赏识？还是责难？（啊，责难。）

家族遗传，她说。

梅耶尔问我，什么照片？

我不知该怎么回答。

欧娜开口了，又一次救了我。她刚刚想到，她说，除了离开、留下来抗争和什么都不做，女人们还可以考虑另外的选择。

玛瑞卡提醒她，现在引入另外的选择为时已晚。葛丽塔挥手打发了这一评论，示意欧娜说下去。

我们可以叫男人们离开，欧娜说。

是开玩笑吧？玛瑞卡问。

莎乐美出乎意料地与玛瑞卡站在一边。你疯啦，欧娜？她问。

我们也许都疯了，欧娜说。

我们当然都疯了,梅耶尔说,我们怎么可能不发疯?

(我希望稍后能再回到以上议论,但眼下必须抓紧时间。)

艾格塔不理会有关发疯的议论,回到了欧娜本来的问题。我们叫男人们离开?你是指施暴者和支持他们返回的长老们?

还有彼得斯,当然,欧娜说。

葛丽塔举起手臂。行不通,她说,想象一下,开口叫男人们离开聚居区时他们会有的反应吧。要给他们什么理由呢?

我们讨论过的一切,欧娜说,为了维护我们信仰的宗旨,我们必须致力于和平主义、爱和宽恕。而靠近这些男人会使我们对他们的心变得坚硬,滋生出仇恨和暴力。如果我们要继续(或回归)成为合格的门诺徒,我们必须将男人与女人分开,直到我们能够找到(或重新找到)我们的正途。

但是,玛瑞卡说,如果聚居区不再可以实际接触到女孩和女人,怎么指望摩洛齐纳的男孩和男人重新学习他们的习惯举止,以及他们对待女孩和女人的行为方式?如果离开,她继续说,我们就排除了再教育我们的男孩和男人的可能性。这是不负责任的。

欧娜迟疑了。她用双手比出圆形,仿佛宇宙囊括其中。

玛瑞卡,她说,有意思的是,你提出了一个切题的观点。

请不要通过声称这个观点有意思,暗示我其他的观点都没意思,玛瑞卡说。

欧娜笑了。我不是那个意思,她说。

莎乐美插嘴。教育摩洛齐纳的男孩和男人不是我们的责任,她说,让奥古斯特去做吧。(!)

可这或许是我们的责任,梅耶尔反驳,特别是如果这些男孩是我们的儿子,而他们的父亲又没能力教。

葛丽塔表示:别跟我说,我们正在考虑留下来教摩洛齐纳的男孩和男人怎么活成人样!我们要把他们放进课桌里吗?

艾格塔(她的手再次放在胸前)安抚女人们。不,不,她说。

欧娜嘀咕道,不是放进课桌里,是放到课桌边。

莎乐美笑起来。我们要亮出教鞭,她说,让他们戴傻瓜帽。

不，莎乐美，欧娜表示异议，那就违背非暴力教育的宗旨了。

梅耶尔问道，什么是傻瓜帽？

（就个人而言，我现在有些提心吊胆，但愿欧娜别再提玛瑞卡的儿子朱利乌斯，别再提如果不施以不同的教育，他就有可能变成一名施暴者。眼下玛瑞卡对欧娜的愤怒已是一只引火盒，一点即爆。）

葛丽塔龇牙咧嘴，一只手在脸前慢慢地移动。对不住，她对其他女人说，不过我感觉我没准快要死了。

有几个女人从座位上一惊而起。

玛瑞卡直直盯住葛丽塔的眼睛瞧。然后她笑了起来，摘下葛丽塔的眼镜，叫别的女人看。母亲，她说，你不会死的，但你的眼镜是该擦一擦了。

葛丽塔大大松了一口气，呵呵笑着说，她还以为光要熄灭了呢。

艾格塔大喊。那会改变你的视角哇！她说。

女人们笑了又笑。艾格塔都要透不过气来了。小家伙们（米帕和朱利乌斯）被笑闹声惊扰，扑回各自母亲怀里。他们一直在玩耍，用干草和粪坨捏一间住着动物的小小谷仓。

太阳就要落山了，欧娜提醒我们，我们的光线会越来越暗。我们该点上煤油灯。

可你的问题呢？葛丽塔问，我们是不是应该考虑叫男人们离开？

我们谁都不曾开口要求男人做任何事，艾格塔说，一件都没有，哪怕递个盐钵，哪怕一分钱、一分钟独处时间，或把晾晒的衣物收进屋，或拉开窗帘，或对小马驹好一点，或当我第十二、十三次努力想把婴儿推出体外时，都不曾要求过男人把手放在我后背上。

是不是很滑稽，她说，女人们对男人们提出的唯一要求，竟会是请他们离开？

女人们又爆发出一阵哄笑。

她们笑得根本停不下来，要是谁歇了片刻，她会立即又爆笑起来，然后她们会再次一起大笑。

最终，这不是一个选择，艾格塔说。

是的，其他人（终于达成一致！）同意。要求男人们离开不是一个选择。

葛丽塔要女人们想一想她的马儿，露丝和雪莉（艾格塔一听见它们的名字就气得嗷了一声）请葛丽塔让它们独自在外面吃一整天草，什么都不干。

试想一想我的母鸡,艾格塔补充,当我去收鸡蛋时,它们叫我向后转,快走开。

欧娜求女人们别再逗她笑了,她怕自己会早产。

这话让她们笑得更厉害了!她们甚至觉得,我在这期间还一个劲儿地写啊写,实在好笑透顶。欧娜的笑声是最曼妙、最典雅的声音,充满了生气和希冀,这也是她向世界释放而唯一无意收回的声音。

艾格塔拍拍我的背。她又开始揉搓眼睛,弄得它们啧啧作响,但这回,我看见它们充盈着欢乐的泪水。

你准以为我们都是疯子吧,她说。

我坚持说我没有,再说我怎么想也无关紧要。

欧娜勉强止住了笑。你真认为是这样吗,她问,你怎么想无关紧要?

我脸红了,挠挠自己的脑袋。

她继续道:要是在你的一生中,你怎么想从来都无关紧要,你会是什么感觉?

可我不是来思考的,我回答,我是来替你们的会议做记录的。

欧娜把我的话置于一边。但如果,在你整整一辈子里,她说,你真的感到你怎么想都不重要,那会让你有什么感觉?

我笑了笑,嘀咕说,神的旨意就是我的想法。

欧娜回我以微笑(!),但如果不去思考,我们怎么探明神的旨意呢?

我又红了脸,摇摇头,忍住把脑袋抓碎的冲动。

莎乐美插嘴道:这很容易,欧娜,彼得斯会为我们解释的!

女人们又是一阵哄笑。

我也笑起来。我搁下笔。

笑声渐低。我不知道眼睛该往哪里看,或手往哪里搁。我把笔和笔记本摆成直角。

欧娜告诉女人们她的肚皮痒得难熬,她就怕皮肤再也绷不住,要豁开来啦。女人们又是一阵大笑,艾格塔险些跌下挤奶桶。

我停下笔,伸手扶了扶她的肩。至少我的一只手能有点事做,哪怕只有片刻,也是一种解脱。

女人们正向欧娜提供有关猪油、葵花籽油、阳光、黏土和祷告的建议。但欧娜又想到了另外一件事。如果在押的男人们无罪呢? 她问。

可蕾赛尔·纽斯塔德当场逮住了一个,妮婕说,不

137

是吗?

没错,莎乐美说,她是逮着了。可只有一个。葛哈德·谢伦伯格。他供出了同伙的名字。

万一他撒谎了呢?欧娜问。

他为什么要撒谎?葛丽塔问。

艾格塔责备葛丽塔:你是在问,一个侵犯熟睡孩子且毫无悔意的人,为什么还要撒谎?这问题问得不合理。

哦,莎乐美说,这是合理的,不过大概是反问。葛哈德供出姓名的男人正是那些早上下地干活儿迟到、疲惫、眼圈发黑的人。

那只是传闻,猜测,欧娜提出,早上出工迟到、有黑眼圈,并不意味着那人一定是夜里不睡,溜进屋子去袭击女人。

但关键是,莎乐美说(玛瑞卡叹了口气,好像在说,莎乐美又来指手画脚了),这对我们女人离不离开摩洛齐纳没有影响。我们知道,我们遭到了男人的侵犯,至少一个男人,葛哈德,可能还有其他人,而不是鬼魂、恶魔或撒旦。我们知道,这些攻击不是我们想象出来的,我们并没有因为不洁的念头和举动受到神的惩罚。

玛瑞卡插话:可我们肯定有过不洁之念,不是吗?

其他女人点头，当然。

莎乐美不搭玛瑞卡的茬，自顾自往下说：我们知道，我们受伤、感染、怀孕、惊恐、发疯，而且我们中的有些人已经死去。我们知道，我们必须保护我们的孩子。我们知道，要是这些攻击继续下去，我们的信仰就会受到威胁，因为我们会变得愤怒，会起杀心，会无法宽恕。不管到底是他们哪个犯了罪！

好啦，莎乐美，谢谢你，请坐下吧，艾格塔说。她扯了扯莎乐美的袖管。

我要补充一句，艾格塔说，就是我们已经决定，我们需要时间和空间去思考——

莎乐美打断道：还有我们想要且需要我们独立思考的权利得到承认。

或者，梅耶尔道，只求思考。就这样。承认也好，不承认也罢。

对，艾格塔说，而这正是离开摩洛齐纳的另一个原因，但这个原因与袭击事件和施暴者没有直接关系。

有间接关系，毫无疑问，欧娜说。

莎乐美现在平静下来了。她补充说：所以我们又回到我们离开的三个理由上了，它们是成立的。我们想要孩子们安全。我们想要维护我们的信仰。并且我们想要思考。

艾格塔叉开五指，撑在夹板桌上，像要打一块新地基。我们是不是该继续？她问。

但是，玛瑞卡说，如果狱中男人有可能是无辜的，那么我们作为摩洛齐纳的成员，是不是该为他们获得自由出一把力？

莎乐美爆发了：我们不是摩洛齐纳的成员！

其他女人缩头缩脑起来，就连太阳也躲到云层背后去了。

葛丽塔，她说，你心爱的露丝和雪莉是不是摩洛齐纳的成员？

不，不是成员，葛丽塔说，不过——

莎乐美打断她。我们不是成员！她重复道，我们是摩洛齐纳的女人。整个摩洛齐纳聚居区都建立在父权制的基础之上（笔译者注：莎乐美并没有使用"父权制"这个词——是我在莎乐美表达诅咒的地方填进去的，她的诅咒出处神秘，我只能大致翻译为"通过花朵说话"），在这里，女人作为温顺、服从、无声的仆役终其一生。牲口。十四岁男娃儿就可以对我们下命令，决定我们的命运，投票把我们逐出教会。在我们亲生孩子的葬礼上，他们说话而我们却噤声，为我们诠释《圣经》，引领我们做礼拜，惩罚我们！我们不是成员，玛瑞卡，我们是商品（笔译者注：关于"商品"一词，情形同上）。

莎乐美继续说：当我们的男人用尽了我们，让我们在三十岁的时候看起来像六十岁，子宫毫不夸张地从我们体内坠到纤尘不染的厨房地上，没戏了，他们就转而盯上我们的女儿。如果他们能在拍卖场上把我们全都卖了，他们会的。

艾格塔和葛丽塔交换了一下眼神。葛丽塔闭上眼睛，一手贴住脸颊，患关节炎的骨节粒粒鼓凸，如都铎王朝国王的戒指一般。

不过，艾格塔说，玛瑞卡提出了一个很好的观点。即便身为摩洛齐纳的女人，我们难道不该团结一致为我们被诬告的男人——如果他们被诬告——争取自由吗？

莎乐美吼了一声。

欧娜马上打断说，这就带出另一个问题来了。狱中男人没有犯强暴罪是有可能的，她说，但他们不阻止强暴，是不是有罪？他们知情却不做任何事，是不是有罪？

我们怎么知道他们是否有罪呢？玛瑞卡说。

可我们就是知道，欧娜说，我们知道摩洛齐纳的境况是人为造成的，知道侵犯成为可能，甚至侵犯的念头，侵犯的策划，男人们头脑中对侵犯给出的理由，都是因为摩洛齐纳的境况。而这些境况是由男人，由长老们，由彼得斯，确立和主宰的。

艾格塔点头称是。她说：不错，我们是知道的。

（奥婕和妮婕交换了一下眼色。我的推测是，这看法对她们来说很新鲜，但如果这意味着事情有所进展，意味着少说多做，她们就准备把它当作事实来接受。）

艾格塔又说：但我们还有时间问题。我们没有多少时间了。由于时间有限，我们一时无法解决事关离开的某些问题。我们得暂时将它们搁在一边，以后再说。狱中男人有罪或无辜，现在还不知道，也许永远都无从知道，但我们离开与否的决定不能因为这些男人有罪或无辜而悬而不决。我们已经确立了离开的三大理由，它们是以爱、和平，以及对神赐的灵魂的滋养为基础的，狱中男人有罪或无辜，与这些理由没有直接关联。在这一点上，我们的意见能否一致？

女人们心事重重。有几位点头表示肯定（莎乐美、梅耶尔和奥婕），但其他人可能陷入了沉思、顾虑和疑问之中。（清楚起见，我要说明：所有在押男人女人们都认识，且和她们有亲属关系。)

怎么样？艾格塔问，有一半人同意。其他人呢？毕竟这是个民主体制。

是个什么？奥婕问。

又有三位女人点头表示同意：是的，她们离开的原因并不由狱中男人是否有罪决定。只剩下玛瑞卡没回答。

好了，莎乐美说，八个人里有七个，足够了，这话题到此结束。

且慢，玛瑞卡说，你们是不是说施暴的人和被施暴的人一样都是受害者？是不是说我们大家，不论男人女人，都是摩洛齐纳境况的受害者？

艾格塔沉默了大半晌。最后她说，某种意义上，是的。

那么，玛瑞卡说，不管法庭判他们有罪还是无罪，说到底，他们是无辜的？

是的，欧娜说，我会这么看。彼得斯称这些男人是恶魔，是凶犯，但这不是事实。是彼得斯和长老们，是摩洛齐纳聚居区的创建者，是他们对权力的追求，导致了这些袭击，因为在追求权力时，他们需要可以施以权力的对象，那些人就是我们。他们将这门权力课教给了摩洛齐纳的男孩和男人，而摩洛齐纳的男孩、男人一直都是好学生，就这门课而言。

但是，梅耶尔说，难道我们不都想拥有某种权力吗？她一根接一根地划火柴，火每次刚要凑近烟头时就灭掉。她耐着性子。

是的，欧娜说，我想是的。但我吃不准。

哦，玛瑞卡挖苦地说，难道权力又是一件你不相信的事？连同权威和爱？

我从没说过我不相信爱，欧娜解释说，只是我不能肯定它到底意味着什么。总之，我之前说的是我不相信你所说的爱会带来安全。

你是永远不会懂安全的，玛瑞卡说，因为你的纳尔法。

这倒是真的，欧娜说。她看起来很平静，若有所思。从某种程度上来说，是一种解脱，她加了一句。

艾格塔又一次沉不住气了。欧娜，她说，爱是另一个话题，以后再说。

那么安全呢？欧娜问道。

葛丽塔插话，这不一直都是话题吗？

什么一直都是话题？艾格塔问。

爱呀,葛丽塔说。

什么东西能一直是话题,而至永恒,同时又总是不可知的呢——至少据欧娜的高见?玛瑞卡说。

(听了这话,尽管是一条离题的说明,我想起了蒙田的一句话:"一个人知之愈寡,他对此事的相信就愈固执。"有人把这句话的绣图装在镜框里,在监狱的饭厅里挂了一阵子。我不知道为什么。)

梅耶尔点上了香烟。这就是为什么它是永恒的,玛瑞卡,她说,一直持续,持续,持续。她在每个"持续"之间都吐出一溜儿细细的烟来。当我们弄明白了某个事情后,我们就不再去想它了,是不是?

这太荒唐了,莎乐美说,知识是流动的,它会变,事实会变,变成非事实。

妮婕和奥婕听到这话笑了起来,也许是出于紧张或疲惫。然后她们立即道歉。

不过说真的,莎乐美说,你是在告诉我,当你觉得你"明白"了某件事后,你就不再去想它了?你脑子出问题了?

梅耶尔又吐了一口烟。她心平气和地对莎乐美说,去你妈的。

安静！葛丽塔叫道。

莎乐美没理会葛丽塔。她激烈地发表了一通长篇大论，说她甚至不相信永恒，没有什么是永恒的。事实上，她说，我不再相信我会永远活下去。她的口气是挑衅的，她这是在激大家，但女人们并不接茬。

[一点背景说明：几年前，克沃提查传出一个谣言。当时他们的主教躺在家里奄奄待毙，而长老们还未能从自己的聚居区里选出下一任主教，他们请了一位代理主教来教堂布道。这位代理主教来自北美某个地方，有一位不把头发编成辫子的妻子。据说，他告诉信众们他不相信字面意义上的天堂和地狱存在。信众里有一些成员起了疑心，警觉起来，最终将这人赶出了聚居区。但这是发生在代理主教对他们发起挑战之后。他告诉他们，他不仅不相信天堂和地狱的存在，而且坚信教会成员也不相信，并不真信。他请符合条件的信众举手：今天在座的，有哪位父母有未获救赎的孩子、离开聚居区的叛逆孩子或声称不信教的孩子？有几只手举了起来。代理主教便拿他的下一个问题去问那些举手的人：如果你爱你的孩子，而且你相信他们死后真的会在地狱之火中被永世焚烧，你怎么还能安心坐在这里？你怎么还能回到家中，享受一顿妻子做的弗伦

尼吉加帕拉兹[1]的精美午饭，然后躺进暖融融的羽绒被窝，睡一个轻松舒爽的马达可契洛（午觉），当你知道你的孩子不久将被永世焚烧，在永恒的极度苦痛中鬼哭狼嚎？如果你真的相信，难道你不会竭尽全力让他们悔过，从心底接受耶稣基督，以得到宽恕？难道你不会挖地三尺，想尽办法找到这些不听话的倔孩子，这些离开了聚居区或被迫离开聚居区的孩子，这些在所谓的荒漠中游荡的孩子，这些孩子你认为有罪，但仍是你的孩子，你的骨血，你的宝贝？

这位代理主教最终被勒令闭嘴，被迫离开了聚居区。信众们一致认为，哪怕没有教堂做礼拜，也比见到这亵渎神明的垃圾强。然而从那时起，不存在天堂和地狱的想法就埋在了一些门诺会信徒的心里，不仅在克沃提查，在摩洛齐纳亦是如此，而且经常被用作寻衅肇事的催化剂。

我很想知道彼得斯对此事的看法。对宝贝的孩子，对永生。还有对放纵无度的父亲们。]

哦，艾格塔平和地说，如果你不相信永生，那我们眼下真得抓紧。不剩多少时间了，这个你一定赞同吧？

---

[1] 门诺语，vreninkje 和 platz，分别是门诺徒的食物：肉汁佐乳酪馅饺子，水果加碎面包咖啡蛋糕。

欧娜说她想就权力问题再说几句。摩洛齐纳的主教和长老们掌控着凌驾于摩洛齐纳普通男人和女人的权力,她说,普通男人则掌控着凌驾于摩洛齐纳普通女人的权力。而摩洛齐纳普通女人掌控着……欧娜停顿了一下。女人们沉默无语。

什么都没有,欧娜说,除了我们的灵魂。

那就是对神的亵渎了,玛瑞卡说,如果我们的灵魂是神的显现,就像你说的。我们不可能拥有凌驾于神的力量。再者,她说,对权力的欲望又是从哪里来的?这难道不是再自然不过了吗?即使是肮脏猪圈里的猪猡,啄食也分先后吧。

但是,欧娜说,我们不是猪猡。难道我们不能有所不同吗?你相信我们是从动物进化而来的,还是照着神的形象被创造出来的?

欧娜,艾格塔温和地说,这个问题相当荒唐。你知道答案的。

(一点说明:我有点儿吃不准艾格塔是怎么想的,虽然我猜测她的意思是后者,即女人是照着神的形象被创造出来的。)

欧娜继续说:第一个是可能的,当然也更容易理解,但另一个是那么美好,那么充满希望,你不觉得吗?

(奥婕和妮婕彼此望着,跟此刻的我一样摸不着头脑。她们的目光在说,欧娜现在说的是什么呀?)

我的意思是,欧娜道,如果我们是照着神的形象被创造的,那么我们的灵魂就有了空间,我们可以拥有它们,侍奉它们。我们所拥有的权力,就是服从我们灵魂的力量。

玛瑞卡开口了:依我看,你已经放弃了一切对生活的实际考虑,活着纯粹为了满足你自己的疯——

莎乐美打断了她。奥古斯特,她说,你怎么看?神的形象还是动物?

动物?我问,你是指——

欧娜笑起来,又一次搭救了我。

莎乐美解释道:是的!你觉得你是照着神的形象被创造出来的呢,还是从动物进化来的呢?

莎乐美,欧娜说,不管哪种方式,我们都能拥有灵魂。

我在问奥古斯特,莎乐美说,回答我的问题。

别,艾格塔说,现在不合适。有一件事我们可以肯定,就是,时间是存在的,对不对?因为它正在消失。如果某个东西不存在,那它就不会消失。没有了时间,我们就完蛋了。

那天堂呢?妮婕问。

没人顾得上回答她的问题,因为有人在爬阁楼的梯子。是格兰特。他是个"傻瓜"[1],在摩洛齐纳,我们是这么叫的(尽管在写下这字眼时,我也意识到了其中的讽刺意味)。他正大声念着数字,不按任何顺序,因为他喜欢数字,但不喜欢别人把数字排列成好辨认的等式。他还"驾驶"着自己的汽车。在摩洛齐纳,汽车是被禁止的(甚至连马车轮子上都不允许使用橡胶,因为橡胶会使轮子转得更快,从而更快地逃进世俗世界),不过格兰特获准在聚居区"开"车兜风,两手假模假式地把着方向盘,嘴里毫无章法地念着数字。

我们向格兰特打招呼。他跟我们说,他爹就是不死,他必须停止吃白面粉揉的面包,他必须吃一粒枪子儿。(死,就此事而言,是恩赏,是仁慈的选择。格兰特是在表达他的焦虑,他父亲久卧病榻,痛苦不堪,只想死,只想投入主的怀抱。他曾求人一枪打死他,但谁都不愿干这

---

[1] 原文为 simple,又意"简单"。

事。)不过格兰特的父亲几年前就去世了,格兰特住在艾格塔家,当他无休止地叨叨、念数字、唱歌叫她厌烦时,他就会去聚居区其他女人家里住。(当/要是女人们离开,他将是其中一个和女人们一起走的男人。)

格兰特说,六,十九,十四,一。

行啦,格兰特,艾格塔说,那些数字很好。谢谢你。你要不要和我们一起安静地在阁楼里坐着?

格兰特要给我们唱歌。他钻出他的汽车,唱了一首关于苦难之后是安息的赞美诗。

他唱完,我们向他表示感谢,他说完全不用客气。他又钻进汽车,在阁楼里兜圈开着,摁了一两下喇叭,之后就开走了,嘴里还在念叨着十二、十二、十二……

奥婕喊道,十三!——其他女人都"嘘",示意她别作声。

六月六日

奥古斯特·艾普,会议之间的夜晚

出了一个意外。女人和孩子们都已离开阁楼。我独自在此，匆忙写完当天的记录。

年轻姑娘奥婕和妮婕先离开，去查看新生的小牛犊。然后，当其余的女人们还在为这样那样的事发笑时，奥婕和妮婕回阁楼来了，后面跟着克拉斯，玛瑞卡的丈夫。

他们爬着梯子时，奥婕朝上面喊，爹爹到家了！她在嗓音里掺进了些欢快的调子。她慢吞吞地爬着，克拉斯只得跟在她后面。

奥婕和妮婕出现时，明显有些紧张和懊丧。显然，她们别无选择，只能把克拉斯领到女人们这里来。

奥婕那一声呼喊是警示，让我有足够的时间把笔和记录藏到夹板桌下。欧娜从墙上揭下写着各种方案利弊的乳酪包装纸，把它们也塞到桌下。

最终，克拉斯露面了，他要知道女人们为什么聚集在干草顶阁里。玛瑞卡试着跟他搭话，让他平静下来。我们衲被子来着，她说。

克拉斯瞧着我一通大笑。她们是不是也教你怎么衲被子了？他问，考虑到奥古斯特在庄稼活儿上有多蠢，终于有一门实用的手艺能叫他学一学了。

女人们提心吊胆地跟着他一起笑。

是啊，我说。顺水推舟。我想学学怎么用针线缝东西，那样一来，碰上我的学生玩耍不小心割伤自己，我可以替他们缝几针。

克拉斯重复着"学生"一词，又是一通大笑。他嗅了嗅空气，问我是不知道最好别在干草顶阁里抽烟吗。

梅耶尔张了张嘴，想要说话。但她话音未出，我已在大声地向克拉斯道歉了。绝不再抽烟，我向他保证。

奥古斯特在学衲被子，他好笑地说。他问我确定知道我两腿之间有什么东西吗。

哦，很确定，我说。（微笑着，抠着头皮。）

唔，克拉斯说，我可不敢肯定。没准我们得瞧一瞧。

克拉斯，在朱利乌斯和米帕面前，请别那样说话，玛瑞卡道。而他的情绪陡变。

克拉斯变得怒不可遏，他要知道为什么他的老婆在这里，为什么奈蒂（梅尔文）·葛布朗特正看管着别人家的孩子，他的傍晚小吃又在哪儿。他说话时只盯着我看。他告诉我——因为我是个男的，半个男的，被认为勉强有能力接收这类事务性消息——他和安东还有雅克布从城里回来了,要再牵几头牲口去卖了换保释金。

法官正等着,他说,合作社的钥匙在谁手里?

我不知道,我说。(但我是知道合作社的钥匙在谁那里的。钥匙挂在艾萨克·洛文的马具房里,他是合作社的管理员。我暗地里乞求神饶恕我。如若不饶恕,就请当场击毙我。)

马驹在哪儿?克拉斯问,它们为什么不在自己的马厩里?

我不知道,我说。(同样,我是知道的。奥婕和妮婕把马驹放到野外去了,它们此刻正在高粱溪边上吃草。我乞求被饶恕或遭击杀。既然我现在看起来还活着,我能否认为自己已经被饶恕了呢?)

奥婕和妮婕站在克拉斯身后,正在打手势暗示其他女人:她们把小马儿放出去吃草了。

克拉斯的丈母娘葛丽塔插话了。好几匹马都病了,她告诉克拉斯,他在城里时,克沃提查的兽医来访,建议让那些马儿隔离两个礼拜,以免扩大传染。

克拉斯对她置之不理。彼得斯吩咐我牵至少十二匹马去拍卖,他告诉我。

明白，葛丽塔说，可病马你一个子儿也卖不出去。你牵病马去拍卖，还会被罚款呢。

找马驹去，他对年轻姑娘说，它们岁数还小，得不了病。去把它们找回来拴上。

奥婕和妮婕又一次爬下梯子。

我见你的马儿在厄内斯特·泰森家的院子里，克拉斯说，它们看上去挺健康的，眼睛有神，毛发闪亮。

葛丽塔点点头。是啊，她说，它们那个年纪，不会被其他马儿传染得病了。

克拉斯说，呸，得了。他不理会对年纪的解释，尽管他前一刻才说过马驹太小，不会得病之类的。他啐了口唾沫，然后直接冲葛丽塔发问，女人们干吗聚在厄内斯特·泰森的干草顶阁里？

葛丽塔说，我们得看着点儿厄内斯特，给他送吃的。我们决定就在阁楼里衲被子，这样我们就可以时不时去看他一眼了。我们知道他不会介意这样，而我们又需要空间更大的地方。

厄内斯特是不是老到连一大帮碎嘴子在他的阁楼里缝被子都不知道了？克拉斯问。

葛丽塔点点头。

所以被子在哪儿？克拉斯问。

我们刚做完，艾格塔说，库普兄弟送去合作社了。

我可没在这里看见绗缝桌和零碎布头，克拉斯不动声色地说，也没在摩洛齐纳去合作社的路上看见库普兄弟或库普兄弟的马队。

我们已经收拾好，正要回家做傍晚小吃呢，艾格塔解释道，你不饿吗？

葛丽塔提高声音道，库普兄弟说他们会换一条道走，穿过休耕地。

绗缝屋被用来腌蔬果了，欧娜说，苦樱桃正当时。新出炉的烤干面包片抹点儿苦樱桃酱，味道相当不错呢。

克拉斯不会朝欧娜看一眼，她说的任何话他也只当听不见。在他眼里，欧娜是幽灵，或连幽灵都不如，因为她的纳尔法，她的老姑娘身份，还有她鼓起的腹部。据我观察，当幽灵倒挺合欧娜的意。

我经过合作社的时候，门已经上锁了，克拉斯说，里面没人。

那就是说库普兄弟还没到，莎乐美说。

库普兄弟有钥匙？克拉斯问。

我怎么会知道？莎乐美说。

我需要合作社的钥匙,要从保险箱里取钱带进城给彼得斯。

莎乐美说:哈,那彼得斯应该告诉你钥匙在哪儿的。

安静,克拉斯厉声道。

克拉斯又盯住我。妮婕跟我说,女人们去克沃提查接生了,他说。

我们是去了,莎乐美说,有些麻烦事儿。我们得回来。

克拉斯的目光仍盯住我不放。你的责任在摩洛齐纳这里,他告诫莎乐美。

我很清楚我的责任是什么,莎乐美说。

我没跟你说话。安静。克拉斯又说了一遍。

可是你一直在跟我说话。你刚才不还告诉我我的责任是什么吗?

克拉斯又将注意力转向葛丽塔。你的马儿,他说,我要牵走。

露丝和雪莉?葛丽塔说,不,你不能这么做!

克拉斯说他没办法,只能牵走露丝和雪莉。他告诉女人们,现在应该去挤牛奶了,然后回家,回到孩子们身边,做饭。

可它们老了,葛丽塔说,没了马儿,我怎么办?

你就待在家里，克拉斯回答。

他叫朱利乌斯跟他一起离开阁楼回家。他又叫玛瑞卡去奈蒂（梅尔文）那里领回他们其余的孩子。（克拉斯和玛瑞卡生了许多孩子，虽然我吃不准到底有几个。他们个个都长着被阳光漂白了的头发，黄昏时分，他们在院子里跑来跑去，看上去就像萤火虫或随风舞动的白色蒲公英花序。）

莎乐美是最后一个离开阁楼的。她陪米帕多逗留了一会儿，称赞米帕用粪坨垒起来的王国，那时其他女人正从阁楼爬下梯子，去照料她们的柴米油盐之类的事。

欧娜帮着艾格塔把她的脚一级一级地搁在梯子横档上，因为她的脚失去了知觉，是水肿引起的。欧娜这么做时，艾格塔笑着亲吻欧娜的头。呼吸，慢慢来，欧娜说。她提醒艾格塔她用力时习惯憋住气，然后快速动作，直到完成，她才会把气呼出来。

艾格塔又哈哈笑了。

你可别在梯子上大笑，欧娜提醒道，注意力要集中。（我想告诉欧娜，艾格塔用劲时的呼吸方式让我联想到一只气球，尾端被捏住，防止空气泄漏，然后一松手，空气就会呲溜一声飞快地漏掉。但这些女人从未见过气球。或许她们见过吹了气的猪膀胱,当彼得斯不在聚居区,孩子们觉得可以放肆玩耍时,他们会把那当成皮球来玩。开口的时机过去了。)

艾格塔终于爬下了梯子,我听见她朝女人们喊,明天祯被要赶早,一挤完奶就开始。我还听见玛瑞卡问克拉斯他为什么给朱利乌斯那么多樱桃,多到他现在肚子痛。克拉斯哈哈大笑。之后他朝莎乐美喊,叫她快点儿。

莎乐美朝下吼:哦,你在跟我说话?她的动作缓慢而冷静。

我提出帮莎乐美把米帕抱下梯子,但她回绝了。这是阁楼里只剩下我们两个的片刻。我趁机告诉她,合作社的钥匙在艾萨克·洛文的马具房里,挂在一块蓝盐块上方的钉子上。

原谅我撒谎,我说。

她蹙眉。

我问她是否知道怎么用星星分辨方向,是否知道在哪里可以找到南十字星座。

她微笑着摇摇头。

现在是晚饭时间,我告诉她,聚居区的男人女人都在各自家里。我会拿着钥匙去合作社取保险箱。我不知道保险箱的开箱密码,但我会把它整个拿出来,藏起来。我告诉她要是女人们离开摩洛齐纳,她们走时可以带走它,在别的地方,另一个地方,找个人帮忙打开它。

或者,我说,本杰明可以给我一管炸药,那东西他用来吓唬高粱溪里的鳄鱼。你们可以用它来炸开保险箱。

找出密码,莎乐美轻声说,不更省事?

我求她别去尝试那法子。然后我又一次求她原谅,请她快去履行她的责任,以免引起怀疑。

就在这时,莎乐美唤了我的名字。

奥古斯特,她说,反正,那钱是我们的。没什么要原谅的。

她抱着米帕下了梯子,很快离开了谷仓。

※

后来,我遇见了欧娜,就在离我棚屋不远的土路上。月光皎洁。

我出门去采苦樱桃当宵夜,因为欧娜先前提到现在苦樱桃正当令,我把樱桃汁滴在衬衫前襟上了。我回到棚屋,换了衣服,然后拿着脏衬衫去洗衣房,把它放在隔夜的洗衣筐里。要离开洗衣房时,我听见有个女人唤我的名字。又一次。一天之内有两个女人唤我的名字。这在我心里激荡起何等喧嚣的情绪啊。

第二次是欧娜。她坐在洗衣房低矮的屋顶上看星星。

奥古斯特!她说。

我抬头看。

过来和我一起坐坐。

我爬上一只水桶。然后在她边上坐下,坐在夜色里。我们俩。我的膝盖直哆嗦。

她问我为什么来洗衣房,我告诉了她原因。接着我们彼此无言。

最后,我问欧娜她是否知道南十字星座。我指着那明亮的星座。

当然,她说。她笑出声来。

我告诉她,她和其他女人可以靠南十字星座,通常被叫作"南十字"的,来辨位认路。

要是你右手握拳,像这样,我说。我拿过她的一只手,攥成拳头。我举起它对准那个星群。她的手臂绷紧,拳头握牢,像一个为自由而战的斗士。

现在把你的第一个指关节与十字架的轴心对齐,我告诉她。我握着她的手、她的手腕。我感到神的庄严,无比感恩。我的胃在翻腾。我的祈愿得到了回应。

现在,我说,你的拇指尖,这里,就指向南方。

欧娜微笑着点头,拍了拍手。

你会给其他人演示吗?我问她。

当然!她又说,我们要上一堂导航课呢。

欧娜,我说。

她看着我,依然在微笑。

你早就知道这个小把戏了吧?

她笑了,点点头,说她当然知道。

我也局促地笑了。我告诉她,我希望能跟她说一些她还不知道的事情。

有啊,她说,告诉我你为什么进监狱。

我偷了一匹马,我说。

欧娜严肃地点点头,好像她早就有所怀疑。

然后,我把一切都讲给了她听。在伦敦,父亲失踪、母亲去世后,我就无家可归了。我那时在上大学,上着历史课,经历了一次精神崩溃。我放弃了学术研究(启蒙运动),加入了一群无政府主义者、艺术家和音乐家组成的团伙,那帮人占用了滴水兽码头附近的荒废地块,就在旺兹沃斯区，泰晤士河边上。(也就是在那里，我逐渐喜爱上了鸭子，却没学会把关于我自己的这个可笑的事实藏在心底——尤其在狱中。)

在狱中谈论游禽，哪怕提及再微乎其微的细节，都会招致暴打，我告诉欧娜。她同意我该把这事藏在心底。

但一个人一旦深爱上了什么，就很难把它当作秘密守住了，是不是？她说。

我咕哝道，是啊。我望了望她，又望了望南十字星座，然后看着我的膝盖。

在旺兹沃斯，一切都很美好，我接着往下说，我们过着简单的集体生活。我筑起了好几栋屋舍，建材来自市政府为修一条高速公路而拆除的旧屋。在我们的生态村，我们有音乐会，有花园，大家努力和睦相处。我们有数百人，有一天大家倾巢出动，去海德公园抗议通过的一项议案。那是一项刑事司法议案，允许国家对像我们这样的"反社会"行为，加以更严厉的惩罚。它禁止狂欢、集会，甚至禁止某些"以释放出一连串重复性节拍为特征"的音乐。我跟欧娜说这事时，在空中画出虚拟的引号。我是用我所以为的那种权威口吻，操着英国口音说的。

欧娜笑出声来。那是什么音乐？她问。

铁克诺[1]，我说，你知道什么是铁克诺吗？

不知道。

是一种电子舞曲。

但你不是偷了一匹马吗？她说。

是的，在海德公园抗议示威时。那是警官的一匹坐骑。警官让他的马去冲撞抗议人群。我告诉欧娜，示威人群——我们后来听说那里有五万多人——中的一些人把那警官拖下了马，那匹马就站在那里，无主，惊慌，顿足，半腾空而起，朝人群嘶鸣。我跃上马背，骑走了它，绕过众人，绕到了人群和其他警察背后，到一处有喷泉的池塘旁，让马饮水，平静下来。我用一种我认为舒缓的声音同它交谈。没人留意到我和马。最后，我骑着马一路回到旺兹沃斯，把它当作朋友留在那里。我们所有人的朋友。

事实上，我说，我给它起名叫"弗林特"。（在低地德语中，它是"朋友"的意思。）

弗林特也替大家干活儿，因为每个生命都被期望出一份力。它有时会运木头和其他材料。它训练有素，体格

---

1 Techno，用电子技术演奏的节奏鲜明的舞曲。

健壮。

欧娜坐在洗衣房屋顶上,在黑暗中咯咯笑了。可你被逮住了?她问。

是的,我说,最终,我因为偷了弗林特而被逮捕。偷警察的东西是大罪。

然后你进了监狱,她说,而在那里,承认你爱鸭子是大罪。

是的,我说,对旺兹沃斯监狱来说。

在牢里是不是很不容易?欧娜问。

是的,我说,没人来探视我。其他擅自占用土地的人,我的那些朋友,被赶出了地盘,他们搬去了别处,我从此再也没见过弗林特。

你挨打了吗?欧娜问。

每一天,我说。

你失去信仰了吗?欧娜问。

很多次,我说,我想杀掉我的几个狱友,还有大部分看守。

你害怕吗?欧娜问。

总是,我说,时时刻刻。

六月七日

女人们的谈话记录

天很早,还黑着,在屋顶上和欧娜说过话之后,我一直没睡。我点上一盏煤油灯,这样就能看清楚自己在写什么了。

奶已经挤完,除了玛瑞卡和奥婕,其他女人都在阁楼里了。葛丽塔在踱步,时不时走到窗前,朝外头的黑暗张望。她的平衡能力很差。在过去的几个月里,她已经跌倒过好几回,折了锁骨和几根肋骨。梅耶尔叫她迈步时留神把脚抬高,别拖着步子走,以免绊倒,但葛丽塔非常疲惫,她的身体沉重,看得出每个地方都很疼。

艾格塔将双脚搁在欧娜的腿上,欧娜揉搓着它们,试图促进血液循环。欧娜轻声唱着《古旧十字架》,尽管艾格塔在拼命喘气,她还是会附和着唱几句。莎乐美(米帕不在这里,她的其他孩子也不在)心不在焉地替妮婕编着辫子,有几次拽头发太用力,拽得妮婕被迫求饶。

你弄得我的眼里冒金星了,她对母亲/姨母说。

莎乐美对妮婕重复着她的问题:我们的会议,你告诉其他人了没?

妮婕肯定地说她告诉她们了。

莎乐美满意地嘀咕了几声,又问女人们对妮婕带去的消息有何反应。

大多数女人都同意今天用过傍晚小吃后在马驹棚会面,妮婕说。

那其余的女人呢?莎乐美问。

其余的女人什么也没说,妮婕道,有些人不想听。有些人掉头走开了。贝蒂娜·克鲁格对着空气拍打不存在的虫子。

梅耶尔插话了。别担心,她对莎乐美说,"什么都不做"那一派女人的男人们和彼得斯都还在城里,他们的女人没法把我们的计划透露给他们。

如果克拉斯察觉了呢?莎乐美问,话说回来,玛瑞卡在哪儿?

就算告诉了克拉斯,他也不会记得任何事情,艾格塔说。

梅耶尔问莎乐美,米帕是不是由奈蒂/梅尔文照看着。

是的,莎乐美说,但她今天不太舒服,药丸不管用。我怀疑这些药是治牲口的,不是治人的。

米帕还小,梅耶尔说,药丸应该管用。

米帕是很小,莎乐美说,但她不是牛犊。

想不想听听我昨晚做的梦?欧娜问艾格塔。

艾格塔一只手撑着头。她说:说实在的,欧娜,我不想听。

欧娜笑笑。

不过等晚些时候,听听也无妨,艾格塔说。她回给欧娜一个微笑。

奥古斯特,欧娜说,你昨晚做梦了吗?

做了,我说。

事实上,我没做梦,因为我没睡——除非在洗衣房屋顶上和欧娜的谈话是一场梦?欧娜继续唱歌。接着,她停住了。妈妈,她说,我梦到你死了,在梦里我说,可要是你死了,我跌倒就没人来接住我了。在之后的梦里,你就起死回生了,你很累,脚又疼,但你很高兴能最后一次回来。你说,那就别跌倒。

其他女人都笑了。

我真想告诉欧娜,如果她跌倒,我会接住她。

艾格塔拍拍欧娜的手。欧娜,她说,我们出生,我们活着,然后我们死去,之后我们不会再活过来,除了进天堂。那里将有裁断。

还有尊重,葛丽塔说。她猛地举起双臂,像一名示意达阵得分的美式橄榄球裁判员。

那么,欧娜说,我们一起上了天堂。在我梦里。

可是欧娜,梅耶尔说,倘若你进了天堂,如果你要跌倒,会有许多人来接住你。但你既然在天堂,你也就不会跌倒。

莎乐美说:但你还是有可能被绊倒。你笨手笨脚的。(我看得出莎乐美对这话题有点儿恼火。)

除非天堂是梦的一部分,欧娜说,或者,除非梦不合逻辑。

哦,确实如此,艾格塔说。

我不知道,欧娜说,没准它们是我们所能获得的最合乎逻辑的体验。

天堂是真实的,梅耶尔说,而梦不真实。

你怎么知道?欧娜问,我们不是梦见过天堂吗?天堂不就是梦里的事吗?可这并不意味着它不真实呀。

艾格塔坚定地转移了话题。玛瑞卡在哪儿?她问,还有奥婕。瞧这天色,她指着天边的晨光补充道。

梅耶尔把一些零碎布料和几只线轴散置在桌上,营造出女人们正准备衲被的样子。

以防克拉斯再来,她解释说。摆弄完,她转向莎乐美,用轻柔而担忧的声音告诉她,自己不再流血了。

莎乐美骂了一句,然后开了个谁是父亲的玩笑。

梅耶尔竖起她土黄色的手指(秘密人生!),让莎乐美闭嘴。

(我观察到,每次莎乐美生气或发怒时,她就猛拽妮婕的辫子,眼下妮婕已经受够了。她从莎乐美旁边抽身走开,把编发辫的任务交给了她的外祖母艾格塔。)

梅耶尔跟莎乐美说,她丈夫安德烈亚斯每个月都要因为她流血却没死掉而担惊受怕。这事可把他搞糊涂了。她哈哈大笑。

那么说就夸大其词了,葛丽塔道,安德烈亚斯当然懂女人的生理周期。(显然,葛丽塔不赞成梅耶尔对丈夫的不尊重。)

难道你没跟安德烈亚斯解释过?莎乐美问。

梅耶尔又笑了。更滑稽的是,解释一番把他吓趴了,她说。

你是说因为你流血却没死掉吗?欧娜问,他是不是把你当巫婆了?

玛瑞卡终于出现了，她正爬梯子上阁楼。奥婕跟在她后面托她一把。

葛丽塔赶忙走向玛瑞卡，伸出臂膀拥住她。

欧娜和艾格塔移开视线。

莎乐美站起来。出什么事了？她问，出什么事了？

玛瑞卡的脸上青一块紫一块，还有割痕。她的手臂悬在一只用饲料袋做的吊带里。奥婕的脸颊上也有瘀伤，形状像四根手指和一只拇指。她俩在桌边落座。

葛丽塔问，他走了？

玛瑞卡强硬地答道：如果他没走，我会在这里吗？

头发终于被编成一根辫子的妮婕，走过去坐在她的朋友奥婕旁边。她什么也没说，没有什么可对她说，没有什么可给她，只是和奥婕保持着同步的呼吸。她们望着前方，望着我无法辨认的东西，但不是虚空。她们沉默着。

那就让我们开始，艾格塔说，昨天是讨论的日子，今天是行动的日子。明天男人们就回来了。是不是可以确切地说，我们，或多或少，已经决定在这之前离开？我们否决了留下来抗争的选择，因为我们是和平主义者，还因为——

莎乐美插嘴：或者因为我们赢不了。

不，她的母亲说，我们排除了留下来抗争的选择，因为这构成我们信仰的核心价值，其中之一就是和平主义，我们没有故土，只有信仰，我们是信仰的仆人，这样才可以确保我们在天堂里得到永世和平。

莎乐美几乎要啐骂了。哈，那种和平肯定不会他妈的发生在摩洛齐纳。

莎乐美，请别讲粗口，艾格塔说。她劝莎乐美不如做十二下开合跳。

妮婕笑了。

做十二下开合跳会不会给摩洛齐纳带来和平？莎乐美问。

玛瑞卡带着满脸伤痕说：我以为今天是行动的日子，不是谈话的日子。

其他女人轻声笑了起来，大家今天早上都有点儿护着她，肯定她的勇敢和幽默。

是啊，艾格塔继续说，我们排除了什么都不做的选择，因为如果什么都不做，我们就不是在保护我们的孩子，孩子是神赐予我们的，让我们保护、养育——

玛瑞卡打断道：但我们怎么能确定离开摩洛齐纳后，他们不会受到伤害呢？

我们不能确定,欧娜说,但我们能确定的是,要是我们留下,他们会受到伤害。欧娜和玛瑞卡四目相对。

我们不能吗?欧娜问。

玛瑞卡沉默不语。她的眼睛湿了。她把一小块布料越折越小,扯着边缘的线头。

其他女人掉转目光,朝地平线上升起的、透过窗户照射进厄内斯特·泰森干草顶阁里的那抹曙色看去。

※

我吹灭了煤油灯。现在阁楼里的自然光线已经足够了,女人们今天都很脆弱,表情严肃、身心受伤、忧虑重重。同时,我也感觉到玛瑞卡宁愿一直留在阴影里,不被人问起。外面牲口的叫声响亮,风自打开的窗户吹入,掠起了欧娜的几缕发丝,发丝从因松散而犯了禁忌的发髻中散逸出来。

我们还要收拾多少次行囊,才能遁入黑夜呢?葛丽塔问。

奥婕和妮婕交换眼色。(她们是拘于字面意思的人,我知道她们可能会想:我们还从来没收拾过行囊呢,是不是?)

葛丽塔,你指的是什么?艾格塔问。

现在没时间上历史课了,玛瑞卡说,就我理解,我们女人已经确定,我们想要并相信我们有权得到三样东西。

什么东西?葛丽塔问。

玛瑞卡说:我们要我们的孩子安全有保障。她已经开始低声饮泣、哽咽不成话了,但她继续说:我们要坚守我们的信仰。我们要思考。

艾格塔两手一拍,两相握住,停在空中,说,赞美神啊!葛丽塔又一次像橄榄球裁判那样,高抬双臂,举过头顶。

年长的女人们兴高采烈。莎乐美和梅耶尔微笑着。

莎乐美说,好,就这样了。

准确,梅耶尔说。

倒未必是准确,莎乐美道,不过在我听来是没的挑。一个完美的起点。

莎乐美,你在这世上剩下哪怕最后一口气也会用来跟我较真吗?梅耶尔问。

是的,如果需要,莎乐美说。

欧娜的眼睛瞪大了。她似乎沉入迷思,或陶醉其中。

这是一个新时代的开始,她说,这是我们的宣言。("宣言"一词她是用英语说的,但因为她的门诺语语调,这个词听起来像"门诺言"[1]。)

那是什么东西呀?奥婕问。

请你们向莎乐美讨教所有的问题,梅耶尔说,她愿意用最后一口气来教育她的笨蛋朋友。

莎乐美笑了。她抗议道:我可没说你是笨蛋,梅耶尔。只不过说你用"准确"这个词用得不对。

梅耶尔卷了一支烟,说她罪该万死。

宣言是什么呀?奥婕又问了一遍。

其他女人都蹙起眉。她们朝欧娜望去,她在微笑。我不太确定,她说,不过我相信这是某种声明。一个指南。

说着,欧娜望向我,问道,对吗?

是的,我赞同道,是一个声明。一份意向书。有时候是革命性的。

艾格塔和葛丽塔彼此交换警觉的眼神。

不,不,奥古斯特,艾格塔说,那不可能是革命性的。我们不是革命者。我们不过是普通女人。我们是母

---

[1] "宣言"英文原文为 manifesto,前面两个音节与门诺教派(mennonite)相近,因而误发音为 mannofesto。

亲。是祖母。

革命者都是大兵，葛丽塔加了一句，一般都把着冲锋枪或炸弹之类的东西。这跟我们恰恰相反。(在摩洛齐纳聚居区，只要提到革命，人们就会想起俄国革命，对于门诺会信徒来说，这似乎不是什么好事。)

但我们是不是愿意为了我们的目标去死呢？欧娜问。

妮婕和奥婕摇摇头。

是的，莎乐美说，当然。

妮婕和奥婕交换了一个惊恐的眼神，这与她们外祖母刚才交换过的眼神十分相似。

那么，你愿意为了我们的目标杀人吗？欧娜问。

不，莎乐美说。

但你愿意被杀？欧娜问。

哦，不，莎乐美说，最好不要。

因为你不想把别人变成杀人犯？欧娜问，还是因为你把你的性命看得比我们的目标更重？

我不知道，莎乐美不耐烦地说。时间在流逝。

欧娜只不过想得到一个准确的解读而已，梅耶尔说，"准确"不是你的专长吗，你活到最后一口气的目标？

听着，艾格塔说，够啦。

这时，我惶恐地举起一只手。艾格塔道，有话说，奥古斯特？

我又一次为自己用词不慎、激起不必要的争论而请求原谅。

欧娜朝身边的饲料桶里呕吐，之后向大家道歉。然后她望向我。我喜欢"革命性"这个词，她说。她的下巴上沾着一点儿呕吐物。

莎乐美捡起一根稻草秆，擦拭欧娜的下巴。她朝欧娜耳语了几句，神情激愤。

欧娜点点头。她看向窗户，再次点了点头。（一场大革命中的小革命？）

我们继续吧，艾格塔说，我们是否同意，我们要的只是保护我们的孩子、维护我们的信仰，以及思考？是否同意我们不是革命者（也不是动物）？是否同意我们肯不肯为我们的目标献身不是此刻需要探讨的问题，因为我们有更紧急的事要做？

不错，梅耶尔说，不过我想再提一个问题，和《圣经》中女人要服从并听命于她们丈夫的训诫有关。如果我们要继续当个好妻子，她说，我们怎么能离开我们的丈夫呢？这么做不是悖逆吗？

我们首要且更迫切的责任，莎乐美说，是我们的孩子，是他们的安全。

但就经文而言，并非如此，梅耶尔说。

我们不识字，莎乐美说，又怎么会知道《圣经》里说了什么？

你这是刁难，梅耶尔说，他们告诉过我们《圣经》里说了什么。

不错，莎乐美说，他们是彼得斯、长老们和我们的丈夫。

正是，梅耶尔说，还有我们的儿子。

我们的儿子！莎乐美说，把彼得斯、长老们、我们的儿子及丈夫联系到一起的共同点是什么？

我相信你会告诉我们的，梅耶尔说。

他们都是男人！莎乐美说。

当然，梅耶尔说，这我当然知道。但还有谁会为我们解读《圣经》呢？

我要说的是，莎乐美说，我们离开，未必就是《圣经》里说的违抗男人，因为我们，女人们，没法阅读它，不知道《圣经》里到底说了什么。此外，我们认为自己需要服从丈夫的唯一原因是，我们的丈夫告诉我们《圣经》

里是这么规定的。

她向梅耶尔发问,如果你丈夫跟你说,神在《圣经》里,通过诸位男先知和男门徒的话,或通过耶稣他本人的话,明确表示说,他,你丈夫,在你怀疑他的意图时,应该狠狠打你的脸——还说当他的孩子不小心忘了关上谷仓的门时,他该用马鞭抽打他们,而你也必须效仿——你会同意他吗?

梅耶尔翻了个白眼——并卷起一支烟。

你敢说,他确知这是神的律法吗?莎乐美咄咄逼人。

欧娜引用了《传道书》中的话:喜爱有时,恨恶有时;争战有时,和好有时。

艾格塔挑起眉头。你又何苦费神掺和讨论?她问。

《圣经》中说,有憎恨的时候,有战争的时候,欧娜道,我们相信吗?

女人们不作声。

不,艾格塔说,我们不相信。

我们讨厌战争,妮婕说。

奥婕笑了。

艾格塔微笑着向女孩子们致意。她摆动起自己的上半身,一左,一右,一左,这是当她赏识一则笑话时会做的一种微妙的舞蹈动作，表示她理解了，这是个好笑话。

玛瑞卡说，或许这样说比较可靠，就是我们对《圣经》的理解有一些分歧。我们该继续推进。她冲窗户和太阳飞快地扬了扬下巴。

我同意有分歧，莎乐美说，但问题不只是分歧，是更具体的。

鸿沟吗？妮婕问。奥婕窃笑。

问题在于，莎乐美无视妮婕继续说，男性对《圣经》的诠释，以及它是如何"下达"给我们的。

欧娜直截了当地表示：是的，我们不能读和写，这使我们在任何有关《圣经》释义的协商中都处于一个极端不利的位置。

艾格塔在夹板上拍了一巴掌。有意思，她说，不过玛瑞卡说得对。我们没多少时间了。我们能否同意，我们不会有负罪感——

可我们怎么能控制我们的情感呢？玛瑞卡打断道。

艾格塔继续说：——对于离开摩洛齐纳而违拗了我们丈夫这件事，因为我们并不完全相信我们违拗了什么人？或者说，所谓的违拗根本就不存在？

哦，它是存在的，玛瑞卡说。

是的,莎乐美说,作为一个词语、一个概念和一种行为而存在。但它并不是定性我们离开摩洛齐纳这件事的正确词语。

也许是其中一个,玛瑞卡说,定性我们的离开的词语。

确实,莎乐美说,许多词汇中的一个。但会用这词的,是摩洛齐纳的男人,而不是神。这倒是的,梅耶尔说,神没准会对我们的离开另作定性。

那你觉得神会如何定性我们的离开呢?欧娜问。

喜爱有时,和好有时,梅耶尔说。

啊哈!欧娜说。她欢喜地拍起手来。莎乐美笑了。

梅耶尔神采飞扬。艾格塔则摆动起自己的上半身,一左,一右。

(我脑中闪过一念:或许这是摩洛齐纳女人们第一次为自己诠释神的话语。)

我们会感到痛苦,我们会感到伤心,我们会感到彷徨,我们会感到悲哀,但不会感到罪疚,艾格塔说。

玛瑞卡修正道:我们也许会感到罪疚,但我们知道我们没有罪。

其他女人都使劲点头。梅耶尔说:我们也许感到想杀人,但我们知道我们不是杀手。

欧娜说:我们也许感到想要报复,但我们知道我们不是浣熊。

莎乐美哈哈大笑。我们也许感到迷失,她说,但我们会知道我们不是失败者。

在说自己呢,梅耶尔道。

我向来如此,莎乐美道,你也该试试。

梅耶尔学着莎乐美的样子,用蛮横的蛤蟆似的嗓音重复了一遍她的话。

在我们进行下一步之前,还有最后一件事,葛丽塔说,关于再教育我们的男孩和男人的问题。那是否也是我们乐意做的事呢?

不是乐意,莎乐美说,不完全是。(听到莎乐美这般较真,年轻姑娘们又一次做出要自杀的样子。)重新教育我们的男孩和男人是我们义不容辞的事,如果我们要恪守我们信仰的核心——和平主义以及无冲突的信条,还有如果我们想要体验天堂的永世和平,就必须严格遵守。

不错,葛丽塔说(疲劳透顶)。

还有,如果我们想要保护我们的孩子,欧娜说。

是的,包括那个,葛丽塔说。所以再教育不该是我们计划的一部分吗?她补充道。

宣言,妮婕说。奥婕咯咯笑。

不错,葛丽塔说,宣言的一部分。

妮婕和奥婕爆发大笑。看来她们觉得"宣言"这个词实在太逗了。

莎乐美说:在拉扯大我们的男孩,使他们成为富有同情心、懂得尊重他人的人时,我们要有组织地——(哦,要了老命了,有组织地,梅耶尔说)——进行再教育工作。

莎乐美卷起一块布料向梅耶尔掷去,梅耶尔顺势用香烟在布料中间烧了个窟窿,从洞眼里透出一只深色眸子,向莎乐美望来。

莎乐美哈哈笑了。把这个衲到你的被子里,她告诉梅耶尔,会别有特色。

你是指我们想象中的被子吧,梅耶尔说。

可留下的男孩们怎么办?葛丽塔问。

莎乐美陡然严肃起来。她举起手,要求澄清一件事。我们已经确定可与我们同行的男孩的年龄范围了吗?她问。

女人们沉默了半晌。然后艾格塔说她一直在琢磨这件事,想就此提个建议。男孩和男人的问题很复杂,她说,我们爱我们的儿子,并且在有合理保留的前提下,我们也爱我们的丈夫,即便只因为我们被要求如此。

你这是把爱和顺从混为一谈,玛瑞卡说。

也许对你来说是这样,玛瑞卡,但对聚居区其他女人来说,未必如此,艾格塔说。不管怎样,对众生,我们必须爱,或表达爱。像神爱我们那样彼此相爱,爱我们的邻居,就像我们希望邻居爱我们一样,这是神的至理名言(想必是由男人诠释的)。

(我听到莎乐美长长地吸了一口气。)

奥婕和妮婕又把头低垂,抵着桌子。妮婕让奥婕咬了口肉肠,她从会议开始就一直在嚼肉肠。

奥婕皱起眉头,闭上眼睛。

妮婕将手轻柔地贴着奥婕的脸颊,盖住奥婕父亲留下的瘀伤。

艾格塔向大家提出她的建议:所有十五岁以下的男孩都必须跟着女人。

跟着我们去哪里?玛瑞卡问。

玛瑞卡,葛丽塔说,你明知我们还不知道将要去哪里。

梅耶尔补充道:我们怎么会知道呢?我们从没离开过

摩洛齐纳，也没有地图，就算有了地图，我们也不知道怎么看。

莎乐美问：什么叫必须？强迫他们跟我们一起离开？

艾格塔自顾自继续说：十五岁是受洗的年纪，那些已经受洗入教并成为正式教会成员的男孩，是被视为男人的，所以他们眼下和其他年长的男人一起在城里。十五岁以下的男孩，还有科尼利厄斯和格兰特，此刻留在聚居区。他们像孩子一样，因为他们需要特别照顾。所以他们必须和我们一起离开。我们的责任、天性，还有我们的愿望，正如我们已经明确了的，是保护我们的孩子。不仅仅是我们的女儿。

女人们一下子七嘴八舌议论起来，而我又一次无法分辨她们各自的声音。

各位，艾格塔道，请一个一个说。

要是那些男孩不想离开，要是他们拒绝离开，怎么办？玛瑞卡疑虑重重，我们没法背着十四岁的男孩走。

这话不假，艾格塔说，我们不能强迫他们和我们一起离开，但我们要把在这阁楼里讨论的一切解释给他们听，为什么我们认为跟着我们离开对他们来说是最好的安排。我们要试着去感化我们的儿子。

奥婕和妮婕把头从桌上抬起来。

妮婕说，男孩们能读懂地图。

如果我们有地图的话，奥婕说。

我举起手。

奥婕微笑，怎么，艾普先生？

我告诉女人们，那张据我所知在克沃提查的世界地图，我仍在牵线撮合[1]。

女人们笑起来。（我不明白笑什么。）

欧娜回到她母亲的话题。摩洛齐纳女人同意试着去影响她们的儿子，这确实是革命性的，她说。

不，艾格塔说，这是天性。我们是他们的母亲。他们是我们的孩子。根据信仰的教义，以及爱与和平的定义——至少我们所知的定义，以及上天堂获得永生的标准，我们大家共同决定了怎样对他们最好，我们就要根据这决定进行到底。我们的动物天性、我们的智性——在暗中潜伏、委顿了太久的智性——以及作为神的显现的我们的灵魂携手合作。这算什么革命性？（艾格塔说至此刻，已上气不接下气了。）

---

[1] 原文为 procure，又意拉皮条。

拒绝跟我们一起离开的男孩可以留在聚居区吗？玛瑞卡问。

当然，艾格塔说，我们会把他们托付给"什么都不做"那一派的女人和孩子父亲，反正他们明天就会回来。

梅耶尔说，可那样会很难过。

是啊，艾格塔说，是会很难过。可难过是无法避免的。而我们要忍受。

莎乐美，玛瑞卡说，你家阿伦会怎么做？他会离开吗？

莎乐美不理会这句问话。相反，她问艾格塔：等我们建立了一个新的社区，我们会邀请留下来的男孩、男人来与我们团聚吗？

我说不准，艾格塔道，我们知道，摩洛齐纳的年轻人一般十六岁就成婚了，这些留下来的男孩大概会从克沃提查或更远的地方，或许从希亚克耶克（笔译者说明：那是克沃提查北边的一处聚居区，它的地名在我们语言里的意思是"在这里，瞧"，大概是对"我们在哪里"这个问题的回答）娶来姑娘为妻。婚后他们恐怕就不想举家搬迁了。

但要是他们真的想加入我们，梅耶尔说，他们可以吗?

艾格塔沉默不语。她飞快地眨巴着眼睛,望向房椽。

也许,欧娜说,他们可以加入我们,只要他们在我们的宣言上签字并遵行它。

莎乐美说,她担心宣言会被那些男人篡改或逐渐贬抑。他们签字,也许只是为了得到重回女人身边的许可,之后就不会遵守它了。

梅耶尔同意。那么我们就又回到我们的起点了,她说。

听着,艾格塔说,我们正在踏上一段旅程。我们正在引发一场改变,在过去的两天里,我们把这个改变诠释为神的旨意,是对我们信仰的证明,是作为母亲、作为有灵魂之人的责任和天性。我们必须坚信这一点。

葛丽塔帮腔,我们没法知道将要发生的每件事。我们得走着瞧。至于现在,我们的计划已定。

欧娜转向我。奥古斯特,你认为艺术家米开朗琪罗在开始创作之前知道他的画会是什么样子吗?

我说不好,我回话。

玛瑞卡说,不太会吧。

照片也一样,欧娜道,摄影的人在拍照时知道拍出来会是什么样子吗?

就摄影而言，我说，摄影师可能比艺术家米开朗琪罗对作品的最终效果更有底一些。

欧娜感谢我的这番解释。我们女人就是艺术家，她说。

玛瑞卡哂笑。专攻焦虑艺术，她说。

欧娜朝我微笑。我也朝欧娜微笑。

艾格塔牵起欧娜的手，欧娜牵起莎乐美的手，莎乐美牵起梅耶尔的手，梅耶尔牵起妮婕的手，妮婕牵起奥婕的手，奥婕牵起玛瑞卡的手，玛瑞卡牵起葛丽塔的手，葛丽塔牵起艾格塔的手。

女人们看着我。

艾格塔把手从葛丽塔手里抽出来，握住我的手，我放下笔去握葛丽塔的手，尽量不压到她肿胀的指关节。

※

我们唱了歌。艾格塔起头，我们都跟着唱起来。年长的两位女人十分陶醉，最年轻的两位窘迫地嗫嚅着，其余的女人虽然唱得很美妙，但也有点儿无奈。

我们身处厄内斯特·泰森的干草顶阁，在天与地之间,这或许是我最后一次听欧娜唱歌了。我们唱《为了世间的美好》。

>为了世间的美好
>为了天上的美好
>为了那陪伴我们出生至今
>环绕在我们身边的爱;
>基督,我们的神,为你,我们奉上,
>这是我们的颂赞祭献。
>为了那昼与夜的
>每一时辰的美好
>山丘与河谷,林树与鲜花,
>日月和星辰之光:
>基督,我们的神,为你,我们奉上,
>这是我们的颂赞祭献。
>为了耳目之欢喜,
>为了心智之愉悦,
>为了将感觉与声色系为一体的
>神秘和谐:
>基督,我们的神,为你,我们奉上,

这是我们的颂赞祭献。

为了世人之爱的喜悦,

兄弟,姊妹,父母,子女,

世间的友朋,在天的友朋,

为了一切温柔的念想,亲善的念想:

基督,我们的神,为你,我们奉上,

这是我们的颂赞祭献。

为了你如此慷慨赐予我们人类的

每一份完美礼物

施恩泽于凡人和圣者,

于世间之花,天堂之蕾;

基督,我们的神,为你,我们奉上,

这是我们的颂赞祭献。

葛丽塔建议我们再唱一首赞美诗。她问女人们是否愿意唱《更近我主》[1]。

我很激动。我也不知道我怎么了。

欧娜望着我。我举起手。

---

1 "Nearer, My God, to Thee",是19世纪的一首赞美诗,由莎拉·亚当斯据《圣经·创世记》第28章中雅各的梦而作。

你想说就说好了，奥古斯特，艾格塔道，你不必举手。你是老师啊！她呵呵笑着。

其他人都盯着我。

眼泪顺着我的脸颊滚落下来。我几乎看不清纸张，也写不了字。我看见玛瑞卡抿紧嘴唇，扭头望向别处。这娘娘腔。这来历蹊跷的人。奥婕和妮婕似乎和我自己一样，被我的哭泣弄得窘迫不已。

这是我想知道的：我母亲曾经爱过彼得斯吗？那时的他和现在不一样吗？善良吗？要是他没有被困在这个毁灭性实验的炼炉里，他会是另一种人吗？怀有如此希望是一种罪孽吗？他会懂我的害怕吗？会安慰我吗？我强迫自己把心思集中在"阈限空间"的定义上，以止住眼泪。我想和欧娜分享这个定义。但此刻，也许时机不对。

然而，我只是问女人们我能否就葛丽塔提议的《更近我主》那首赞美诗，与她们分享一条信息。

莎乐美皱了皱眉，但还是说，当然，奥古斯特，不过要快点儿，瞧。她指指窗户，指指天光，它突然间成了我们故事的中心角色，恐惧的催化剂。

《更近我主》，我开口道，是泰坦尼克号下沉时，船上游客们唱的歌。

我看着欧娜。

她说她不知道这艘船的事,不过要是她在一艘即将沉没的船上,她也会唱这首歌。

玛瑞卡补充道,如果一切都已无可挽救。

是的,欧娜说,如果一切都已无可挽救。

阁楼里的女人谁都没听说过泰坦尼克号。阁楼里的女人谁都没见过海洋。她们不失分寸地、礼貌地对我提供的信息投以关注,这令我尴尬。她们不言语,点着头,给予应有的表示。如此痛苦于我内心,沉重如泰坦尼克号。这条信息本来是为欧娜准备的。但我送上的这份礼物,何其愚蠢,就好像在暗示女人们的计划在劫难逃。我多自私啊。

葛丽塔,宽容地,再次提议我们现在唱歌。

※

我们唱完了《更近我主》。我多么希望在唱歌时能牵住欧娜的手,而不是艾格塔和葛丽塔的。神啊,饶恕我。

现在,要行动了。

艾格塔强调我们必须停止"通过花朵说话"(这是她

用低地德语表达的话的大致译文）。时间紧迫，女人们要为上路做准备。

大多数人点点头。玛瑞卡皱着眉，但没说话。

昨天会议结束后，艾格塔说，夜里发生了一些事情。

她继续说：傍晚小吃后，我去用茅厕时，听见西北方田野那头传来可怕的呻吟声，就在我家旁边。因为我的水肿（她顿了顿，喘口气，好让其他女人对她病痛的专有名词有所体会），我把脚搁在奥婕以前的摇篮上，就是柯尔特在他脊椎断裂前做的、浅蓝色带小天使图案的那个。

我没法起身去查看，她继续说，但那呻吟声离我家越来越近，近了，更近了，我还能听见砂石路上有马和马车的车辖辘声，最后，有人叩响我的门。

欧娜清了清嗓子，使劲点点头，眼睛瞪得大大的，以鼓励她母亲快些往下说。

艾格塔继续道，那是克拉斯。

艾格塔告诉女人们，克拉斯牙痛，因为一颗烂掉的臼齿。（自从艾格塔的父亲，也就是聚居区原先的牙医去世之后，他的工具就留给了艾格塔，她便成了聚居区的牙医。）

玛瑞卡点点头。不错，她说，这事我也知道，他的嘴有恶臭。她用手在鼻子下方扇动，眉头紧锁。

莎乐美问：那是他在你脸上留下乌青之前还是之后，玛瑞卡？

玛瑞卡一挥手，打发掉她的问话，朝艾格塔摆了摆被咬断的手指，示意她往下说。

艾格塔解释道，她答应替克拉斯拔蛀牙，但必须先麻醉他。他答应了，就在艾格塔将浸透乙醚的布巾蒙上他的脸之前，她问他知不知道另外两个男人在哪儿，就是和他一起从城里返回摩洛齐纳的犹斯（安东）和雅克布。

克拉斯告诉她，他们喝槲寄生伏特加喝醉了，正躺在马驹棚旁的休耕地里。

我告诉克拉斯他和其他人都喝得太凶了，艾格塔说，他生气了。他说大家都在说他喝了多少酒，却没人说他有多渴。

玛瑞卡嗤之以鼻：这话我也听过。

艾格塔麻醉了克拉斯，然后去对付那颗牙。她飞快地拔了它，让克拉斯昏睡着，自己坐上他的马车，赶着他的马去了夏季厨房，在车上装满乳酪、肉肠、面包、面粉、盐巴、鸡蛋和水。

莎乐美问，面包是布拉卡那种吗？

艾格塔说是的。

（笔译者注：布拉卡是一种长途旅行所需的干面包。可以把它蘸水或浸在水里泡软来食用，它能保存相当长的时间。另注：艾格塔是否注意到了洗衣房屋顶上的欧娜和我呢？）

艾格塔回到自己家，卸下物资，把它们藏在她的卧房里，等着克拉斯醒来。当克拉斯准备离开时，他问艾格塔为什么他的马儿身上被汗水浸透了。

欧娜打断道，他刚拔了臼齿还能说话？

是啊，艾格塔说，他边说边打手势。

艾格塔回答说，他到她这里来时，准是像往常那样驱使他的马儿狠命跑（葛丽塔嘀咕道：狠过头了），手术很快就做完了，所以马儿还来不及缓过来。

莎乐美打岔，那么他拔了牙，脾气该好些了吧。

玛瑞卡把头一歪，瞪着莎乐美。

对不住，莎乐美说，但我真心希望如此。

也许莎乐美有道理，葛丽塔做起和事佬来，牙齿不疼了，他就没那么好斗了吧。没准莎乐美是对的。

我不介意莎乐美是对的，玛瑞卡说，我只是不喜欢她自认为是对的。

· · ·

在这一点上，女人们意见一致。她们相互点点头，咀嚼着"对"和"自认为对"的重大区别。

奥婕打破了沉默。我们——她指了指她母亲和她自己——也许再也见不到我的父亲了，她说。

其他女人照旧默不作声，也在想着这事。

我们在阁楼里的所有人都要抛下家人，艾格塔柔声提醒她，丈夫、兄弟、父亲、姊妹、姑姑/婶婶和叔叔/伯伯。

但不包括孩子，欧娜说。

某些孩子，莎乐美纠正她。

成年孩子，欧娜说。她和莎乐美一样，有几个兄弟眼下在城里。

但不是所有的成年孩子，艾格塔说。

没错，葛丽塔说。

葛丽塔解开玛瑞卡的头巾，捋着她的头发。玛瑞卡靠在母亲温软的怀里。

等我们拟定了计划，再来说说我们的悲伤吧，艾格塔建议。

女人们的神情严峻、肃穆、凄苦、不安，但她们都点头赞成。

艾格塔提醒女人们，她已经为这次旅程弄到了大量食物，今晚迟些时候她们要把这些东西装上她的马车。（艾格塔是寡妇。根据彼得斯的说法，她的丈夫柯尔特好多年前就死了——给吓死的。据彼得斯描述，柯尔特在马驹棚西侧一英里路外的空地上见到了魔鬼，当时他正在开枪打乌鸦，因为乌鸦糟蹋了他的玉米，柯尔特当即倒地身亡。

照艾格塔的说法——欧娜同意，但莎乐美和艾格塔那些已婚的、眼下都在城里的成年儿子不太同意——柯尔特将点22口径手枪枪口对准自己的脑袋，把脑浆打了出来。聚居区的人们说，欧娜的纳尔法，在她父亲去世之前，一直潜伏着、酝酿着，但并非无法控制。这事之后，她把自己的人生交给了梦幻的怪癖，也交给了新奇的信息，同时她似乎心安理得地接受了作为贱民、作为魔鬼的女儿、作为神赐予聚居区的累赘的身份。我认为那是一种不曾为人知晓的更轻盈、更不扰人的存在。）

艾格塔问女人们昨夜还做了什么其他的准备工作。

女人们一下子又七嘴八舌起来。葛丽塔忍不住笑了。她请其他人保持安静，让奥婕和妮婕说说她们的成就。

奥婕和妮婕笑着，既兴奋又羞怯，热切地想跟大家分享她们的消息。

奥婕开口，然后停下来呻吟了一声。脸上的瘀伤让她一说话就很痛苦。

莎乐美伸手越过桌子，轻拍她的手。

欧娜说，哦，奥婕，心肝宝贝儿，别说话。妮婕会说明的。

以下是妮婕叙述的概要：昨夜，克拉斯去找艾格塔拔牙后，奥婕溜出家门，去叫妮婕。（妮婕的父亲/姨夫，也就是莎乐美的丈夫，和其他男人一起在城里。）奥婕和妮婕她们俩跑到葛丽塔的马厩，摸着黑，快手快脚地给露丝和雪莉套上马鞍，然后骑着它们去了克沃提查聚居区。她们在克沃提查教堂后面和库普兄弟碰了头，附近有一个用来焚烧动物尸体的露天篝火坑，每周三和周日晚上，两个聚居区的年轻人会在那里一起消磨悠闲时光。

女孩们设法说动了库普兄弟，让露丝和雪莉在兄弟俩的马厩里过夜。等一早克拉斯进城后（恼怒地，没能带上露丝和雪莉，但庆幸自己的烂牙总算给拔掉了），库普兄弟会把露丝和雪莉送回摩洛齐纳，送回葛丽塔的马厩。葛丽塔心爱的马儿会安然无恙，就等着同女人们一起踏上旅途了。

妮婕说完，大多数女人都微笑，点头致谢。

然而，莎乐美却蹙起眉来。你们俩是怎么说动库普兄弟把露丝和雪莉藏匿在他们父亲的马厩里的？她问。

这很容易，妮婕飞快答道，因为库普兄弟喜欢我们。她和奥婕交换了一下眼神。

如果露丝和雪莉留在库普兄弟的马厩里，那你们姑娘家又是怎么回到摩洛齐纳的？莎乐美问。

库普兄弟送我们回来的，妮婕带着一丝不服气地说，我们骑他们的马，坐在他们背后，搂紧他们的腰。

你们搂紧他们的腰？莎乐美问，搂紧他们的腰？

妮婕点点头，眼睛并不回避莎乐美的目光。

你们为库普兄弟做了什么，莎乐美问，来回报他们藏匿露丝和雪莉？

两位年轻女子不作声。

嗯？莎乐美问。

艾格塔制止莎乐美。这不关我们的事，她说，木已成舟，葛丽塔的马安然无恙，姑娘们也毫发未伤。

莎乐美揪着不放。她对妮婕——想必也对奥婕——很恼火。她嗓门大了起来。两匹老牝马值得你们去轻贱自己吗？她说。

妮婕嘟囔了几句。

请再说一遍，莎乐美道，我听不见你说的话。

妮婕瞪着她的母亲/姨母，轻声说：你为了远比不上这两匹好马的东西，轻贱过自己很多次了。

你说什么？莎乐美反问。

妮婕不作声了。

莎乐美重复她的问话。

妮婕不说话。

莎乐美又一次要求妮婕开口。

妮婕摇头拒绝。

莎乐美这时抬高了嗓门，说她都是为了维护和睦才做需要她做的事，轮不到妮婕来指责她作为母亲和妻子的行事，她的行为、她的顺从、她自己的痛苦，阻止了妮婕的父亲去侵犯妮婕，那——

艾格塔举起一只手。

最终，妮婕开口了。哦，她对莎乐美说，我该感谢你吗？

艾格塔低声说，莎乐美，够了。没时间说这个。

莎乐美的目光像两把刺刀。她嘴里嘀咕着脏话，手在空中比画着，拉扯连衣裙的前襟，那块长方形布片，依照礼数，是用来遮挡胸部的……她说，不是处女的姑娘不能结婚。她怒不可遏。

欧娜轻轻扯着莎乐美的袖管，悄声地说了些什么，我听不清。（我想，她是在告诉莎乐美，说摩洛齐纳的规矩和外面世界的规矩不一样，在外面世界，女孩是不是处女并不重要。）

你对世界又了解多少？莎乐美问欧娜。

什么都不知道，欧娜说。

欧娜就这样成功地安抚了莎乐美。她们的脸仅隔咫尺，仿佛欧娜将温馨、平和的气息吹进了她那愤怒的妹妹心头。

好吧，莎乐美说，不过告诉我，妮婕，你们有没有把我们离开的计划告诉库普兄弟？

年轻姑娘们摇摇头。

你们确定？莎乐美问。

年轻姑娘们点点头。她们确定。

我们不是傻瓜，妮婕说。

这我可不太确定，莎乐美答道。她又提高了嗓门：就为了两匹快要翘辫子的老马，让库普兄弟对你们为所欲为——

艾格塔打断了她的话。莎乐美，她又说，够啦。

莎乐美不作声,喘着粗气。

葛丽塔转向年轻姑娘们。我很感激你们,她说,是你们让露丝和雪莉免于被拍卖。我会永远感激的,但我绝不希望你们因此损害自己的贞操。

哦,玛瑞卡说,母亲。你在说什么贞操?(她把"贞操"念出了切齿的呲呲声,成了一句咒骂。)她继续说:去你的贞操。你现在保住你的马了。我们都知道妮婕和奥婕的童贞几年前就已经被夺走了。让我们新式点儿吧。(这是不曾料到的——也很有意思。新式,在聚居区,从来不是大家所渴望的。)而莎乐美,如果你前脚要推动"自由大逃跑",离开摩洛齐纳的男人;后脚却佯装被年轻姑娘们为了我们的离开而做的革命性(不是革命性!葛丽塔反对)举动所激怒,那么你就是假正经,心不诚。妮婕和奥婕因时制宜、就地取"材",保住了露丝和雪莉不被拖去拍卖,玛瑞卡说,这不是你脑子里所以为的祸事。

你在说什么?葛丽塔问。

玛瑞卡不理会她。她继续冲莎乐美说:你以为我脸上的乌青,还有奥婕脸上的,是怎么来的?好吧,我来告诉你。克拉斯去牵露丝和雪莉时,发现它们失踪了,他火冒三丈。他逼我告诉他马在哪里。我告诉他,在他拔牙昏迷的时候，马儿冲出马厩逃跑了，因为有人忘了关门。克拉斯揍了我，说那是荒唐的谎话。他说，露丝和雪莉从来没兴趣逃跑，它们是摩洛齐纳最懒的马（错啦！葛丽塔说）。他继续揍我。奥婕想劝阻，克拉斯就掴她耳光。

所以，玛瑞卡总结道，怎么样？我们可以继续下去了吗？

艾格塔拍拍莎乐美的手。

莎乐美抽回手，抱起双臂。

玛瑞卡挫伤了莎乐美的自尊心，而妮婕又暴露了她的虚伪。她伤心透了。

我们把这重担，这袋石头，让一个接一个的人背过去，以此来摆脱我们的痛苦，葛丽塔恳求道，这是白费时间哪。我们绝不能这样。我们绝不能像玩烫山芋那样对付我们的痛苦。我们每个人都要自己吸收它，她说。让我们吸入它，让我们消化它，让我们把它变成燃料。

（我必须承认，这番话翻译得非常粗糙。我时间很紧，而心思又被分散，因为我想起葛丽塔已故的丈夫，他过去常常南下十二里地去买私酒，喝得酩酊大醉，遂让人用一条毯子把他裹了扔在马车上，相信他的马儿会自己找回家，而马儿居然也总能找回家。然后，葛丽塔就会把她的丈夫从毯子里滚出来，弄上床去。我现在更能体会她对露丝和雪莉深深的爱了，我想起了弗林特，它的大眼睛和长睫毛，它毛茸茸的鼻子。）

这时，有人爬上了阁楼的梯子。是厄内斯特·泰森！他几乎无法行走，更别提爬梯子了，他拼了老命，咂着嘴，发出哼哼声。

欧娜赶紧前去搀扶他爬上最后几级横档。

厄内斯特问我们在他的阁楼里做什么。你们是天使吗？他问，你们迷路了吗？你们帮我洗个澡怎么样？他喘着粗气，却还断断续续地大笑着。

欧娜扶他在一捆干草包上坐下。

你们这群婊子在密谋个啥？他问女人们。（用的是我们古老语言中更古老的土话说的。）

自年迈失智以来，厄内斯特·泰森就脏话不离口了，女人们也不以为意。他从前是个礼貌、谦和的人，一整天下地劳作后，会在暮色四合的傍晚，和他现今已故的妻子安妮，带上他们的孩子，用煤油灯打光，在他家的油菜花地里玩捉迷藏。

同样喘着气的艾格塔，站起身向厄内斯特走去（他们是表兄妹，年纪相当），在干草包上挨着他坐下。

哦，厄内斯特，她说，我们都老了，是不是？

厄内斯特将脑袋靠在她肩上，她捋着他蓬乱的白发。他问女人们，她们是不是魔鬼。

不，艾格塔说，我们是你的朋友。

他问女人们是不是密谋烧掉他的谷仓。

不，厄尼，艾格塔说，没有密谋，我们只是女人家们说说话。

他似乎在琢磨这件事，然后问艾格塔能不能帮他洗澡。

梅耶尔提议由自己送厄内斯特回家，给他洗个澡。她还想去夏季厨房取些面包和肉肠给厄内斯特吃，然后把剩下的食物还有速溶咖啡，带到阁楼来给女人们。

你能确保替厄内斯特洗澡用温水，而不用热水或滚烫的水吗？艾格塔问。

梅耶尔点点头。厄内斯特和梅耶尔慢慢爬下梯子。

艾格塔站在梯子顶端，双手撑着臀部，一直望着。厄内斯特家前廊边上长着薄荷，她冲他们的背影喊，你可以摘几片叶子泡在温水里，厄内斯特会喜欢的。

艾格塔走到窗前，望着梅耶尔和厄内斯特一路往厄内斯特的屋舍走去，凝望良久。（蓦然间我意识到，她这是在跟厄内斯特道别,永远地道别。)

最后,她陡然转身,朝其他女人说起话来。大家同意吗,她问,我们今晚天黑后就离开,这样我们经过克沃提查或希亚克耶克聚居区时就不会被发现了?

女人们点头。

欧娜问艾格塔,那克沃提查和希亚克耶克以外的聚居区怎么办?

艾格塔皱眉头。什么聚居区?她问。

这正是我的问题,欧娜回答,什么聚居区?

哦,艾格塔说,我们不知道那两个聚居区以外会有什么,因为我们还没走出过那些地方。

玛瑞卡说,所以我们不知道我们离开会不会被人看见,因为我们不知道外面还有谁会看到我们。

正是,艾格塔说,不过我们要趁天黑尽量多走一些,然后白天休息,躲起来。

我们往哪儿躲,葛丽塔问,带着我们的马儿、我们的牲口、我们的孩子、我们那些呱呱乱叫个不停的鸡,还有不住念叨数字的格兰特?

葛丽塔,艾格塔不耐烦地说,你知道这些问题我们没有答案。我们不可能知道离开摩洛齐纳后,我们会躲在哪里，会碰上谁或什么事。我们就别把时间耗在这些未知的事情上了。

可这就是思考呀，欧娜说，思考是其中一件我们想要自由去做的事。那些我们已知存在或真实的事物，不需要我们去纠结。

艾格塔不理会欧娜。关于我们的出行，还有什么要讨论的？她问。

哦，欧娜说，我们必须带上牲口，猪、牛和鸡，可以作为一路的吃食，当然还有露丝和雪莉（露丝和雪莉当然！其他女人嬉笑着附和）以及其他女人的马队。

葛丽塔补充：我们还需要牲口饲料和干净的稻草。

可要带的牲口是谁的？玛瑞卡问。

这有什么关系吗？莎乐美嗤之以鼻，我们要活下去，就得有牲口。

玛瑞卡的声音高扬起来。所以，她对莎乐美说，你在道义上不反对我们做迫于生存而做的事，即使那意味着偷窃？

（欧娜和我交换眼神：弗林特。）

当然不，莎乐美说，再说，这些牲口既属于男人也属于我们。

同意，玛瑞卡说，那么碰上其他女人在某些场合为生存做了她们觉得有必要做的事，你就不该一副伪君子做派。

为了不让两匹老牝马被拉去拍卖，把你们的身子献给半进化（这么说来，莎乐美相信进化论？我有些好奇）的库普兄弟，这不是一个生存问题，莎乐美激烈地说，但当你要开始一次陌生而漫长的、不知目的地何在的旅途时，手上有牲口就绝对是一个生存问题。你听说过诺亚和他的方舟吗？

你听说过抹大拉的玛利亚和她的朋友耶稣吗？玛瑞卡反唇相讥。

此刻，艾格塔又费力地站了起来。她一字一顿，清晰有力，声音里含着一股怨恨，现在。我。听。够了！你们这些女人难道还没意识到我们正在计划今夜出逃吗？我们是一支大型队伍，组织工作复杂，变数多，时间短！看在我主耶稣基督和高贵救世主的分上，请闭上你们的嘴巴！

欧娜嘀咕：我们不是出逃，我们不是从着火的谷仓里仓皇出逃的老鼠，我们做了一个离开的决定，而且——

艾格塔一巴掌打在桌上。她的另一只手扪住心口。她颓然跌坐在饲料桶/凳子上，不说话了。

欧娜匆忙跑到母亲身边。对不起,她说,我保证不再多言。她除去她的头巾,将它在水桶里浸了浸,敷在艾格塔的前额。(欧娜的头发一泻如瀑地——这一用词来自我对监狱里阅读过的文学作品的记忆,我很抱歉——披散在她的脸上和肩上)。

其他女人拥在艾格塔身边。她脸带笑意,瞪大眼睛,点着头,专注地呼吸着。

我们所有人——女人们和我——等待着。

(笔译者说明:在聚居区,除了乙醚和用来弄昏牛和马的兽医喷雾,颠茄素——也就是施暴者对摩洛齐纳女孩、女人用的那种麻醉药,没有其他药物可以治疗艾格塔。)

葛丽塔祈祷。

莎乐美和欧娜分别握住艾格塔的一只手,与她同步呼吸着。玛瑞卡和两位年轻姑娘静静观望。

艾格塔现在缓过气、说得出话来了。Yoma leid exhai,她说。(这句话无法翻译。)

女人们笑了,松了一口气。

我们说到哪儿了?她问。

女人们眼下对说话有些紧张。

我举起了手。

请，艾格塔说，你说吧。

我解释说，昨天我们的会议结束后，我设法搞到了合作社里的保险箱、一管炸药和一幅世界地图。（昨晚，离开洗衣房屋顶和欧娜之后，我觉得自己更勇敢了，因为没睡觉，也因为纯粹的喜悦，对我们谈话的甜蜜记忆及我们的亲近，使我内心雀跃无比。）

还有一架六分仪，我又补充说，但是，我吃不准它是否会派上用场。

六分仪！欧娜说。她笑了。要测量角度？

我耸耸肩。

除了莎乐美，女人们都显得大为吃惊。她们看着我。

葛丽塔双臂举过头顶。阿门，她说。

玛瑞卡问：你说你有炸药，是什么意思？

炸保险箱，莎乐美说，把我们的钱炸出来。

欧娜问，如果男人们回来发现保险箱不见了，会怎么样？

我们可以怪到库普兄弟头上去，莎乐美道。

其他人不接她茬。

也许我们可以为教会留下十分之一的钱，作为什一税[1]，奥婕壮起胆子说。

莎乐美用鼻子吭气。

这是一个严肃的建议，奥婕说。

你从哪里找到的炸药？玛瑞卡问。她透过脸上受损的软组织朝我乜斜过来。

我解释说，这是聚居区男人用来吓跑北泻湖里的鳄鱼的。我把它包在一张猪皮里，像一截肉肠一样，我告诉女人们，这样就不会被发现了。

可炸药不会把保险箱里的钱也炸成碎片吗？玛瑞卡问。

这我倒没想过，我承认，也许找人解开密码会更省事。

不错，莎乐美说，但是谁呢？要记得，我们会躲在乡间，不会在有满街开锁生意的城里大摇大摆地现身。

说得对，艾格塔说，我不认为我们会在哪条荒僻土路上撞见什么做开保险箱生意的人。

此话不假，葛丽塔说，倘若真撞见，那他一定是个没能耐的生意人。

---

[1] 基督教教会中的一种奉献方式，信徒按照自己的收入或财产的一定比例向教会捐献，通常是收入的10%。

不过，欧娜跟了一句，他倒不一定就是个没能耐的锁匠。

不错，艾格塔说，那就有待进一步探究了。她微笑着左右晃动起上半身。她说：我们知道城市在我们的南边，如果快马加鞭，马车大概要走七个小时。碰上春天，低地淹水，耗时会更长。

我们知道？欧娜问。

这是谈论过这段路途的男人们的普遍看法，艾格塔说。（莎乐美用低得几乎听不见的声音说，好吧，是的，看法。）不过，艾格塔继续道，我们不会去城里。

是啊，葛丽塔说，绝对不去城里。她即兴讲起一个城里的抽水马桶的故事来给女人们助兴（我猜想，葛丽塔这辈子，出乎意料地，至少去过一趟城里，虽然我不知道具体情况）：她是如何摁下把手，结果把它弄出排山倒海的一声巨响，她又如何一跃而起从马桶上弹开，好像那是一个刚刚被她拔掉引信的手榴弹。

葛丽塔，艾格塔说，你为什么要拖延时间？

我不知道，葛丽塔承认。她又改口说：我很紧张。

我们都很紧张，艾格塔说，紧张是我们避免不了的。

（我抬头看了一眼欧娜，她正把头发绾入头巾。衔着的黑发卡从她嘴角露出来。当她抬手去撩头发时,她手臂内侧的肌肤柔滑白皙,如一叶崭新的独木舟的龙骨。)

艾格塔继续说道:我们要寻找水源,或许还要为我们的牲口寻找放牧地,我们还要跨越边界。

哪个边界?玛瑞卡问。

女人们都不吱声。

我再次开口说,我把地图包在一大块奶酪上,上面还盖了一层普通的牛皮纸。保险箱在葛丽塔的马车后座下方,随时可以出发。我还包了一些洋葱、肥皂,以及碎木块儿,万一车轮陷入泥泞可以用来垫在轮前,或者用来生火。(我瞥了欧娜一眼。我相信她对我很满意。)

炸药和地图呢?欧娜问,那非同一般的肉肠和奶酪?

它们也在葛丽塔的马车上,我说,在前面的帽箱里。

露丝和雪莉已经被送回葛丽塔家的马厩了吗?艾格塔问。

是的,妮婕说,我们今天一大早把它们从库普——

好,好,艾格塔打断道,咱别旧话重提。

欧娜担心我会有麻烦,担心我会因牵连而被定罪。现在克拉斯知道你和女人们在一起,在阁楼里煞有介事地学衲被子,她说,当女人们和保险箱不见之后,奥古斯特会被问罪。还有谁会知道钥匙在哪里呢?当然,没有一个女人知道。奥古斯特会被当作教唆犯来判罪。我们怎么能保证奥古斯特免遭判罪和彼得斯的惩罚,免于被逐出教会呢?

(欧娜对我的担心让我很感动。我不在乎那些,不在乎被定罪——我的确有罪——或被逐出聚居区。如果欧娜不在这儿了,我又为何留在此地?)

但地图,莎乐美转变了话题,让我松了一口气,我们读不懂。

妮婕问母亲是否听过"新闻"。

什么"新闻"?莎乐美问。

北。东。西。南。[1] 妮婕说。

艾格塔微笑,赞赏地点点头,又开始左右摆动起她的身体。其他女人噘嘴、摇头。

我又斗胆开口。我告诉女人们我已经创建了图例。

女人们礼貌地微笑着,等待解释。

我说,地图的图例。我解释说我在地图上画了星号,就像图例用的图示那样。

---

[1] 英语 news(指新闻,新鲜事等)一词,凑巧是由北(north)东(east)西(west)南(south)四个词的开头字母组合而成。

一片沉默。

我画了它们,我又木头木脑地说了一遍。

就像米开朗琪罗,欧娜似笑非笑地看着我说。

你们认识自己的名字吗?我问女人们。问她们这个问题让我深感羞愧。

我们认识,是的,葛丽塔说,我们当然认识。

我们认识吗?玛瑞卡问。

姑娘们认识,葛丽塔说。

奥婕和妮婕点头承认。

艾格塔向我解释。奥古斯特,她说,我们知道怎么写自己的名字。仅此而已。不过我写名字可要比我种下一畦油菜还慢。

葛丽塔哈哈笑起来。等到秋天收成了,还没写好,她说。

玛瑞卡说她其实并不知道怎么写自己的名字,她太忙了,没空学。

我以后来教你,欧娜提议道,等我们有空闲的时候。

玛瑞卡思索了片刻,然后郑重其事地点头。我同意,她说。

那么那些图示画了什么呢?欧娜问我。

河流、大道小路、镇子、城市、边界和火车轨道,我说,地图上标示的只是世界上的这一地区,这个天球的一部分。

它是天堂的地图吗?玛瑞卡问。

它是美洲地图,我说。

玛瑞卡嗤之以鼻,那你干吗说"天球"?

欧娜问我:你觉得我们应该往哪个方向走?

还没等我回答,梯子上传来一阵骚动。

梅耶尔带着食物回来了,但她显得焦灼不安。她听说聚居区北边起了一场大火,传来风声说在城里的男人们会提前回来搭救牲口。

我们是不是该认为他们也会搭救我们呢?欧娜说。

听了这话,年长女人们哑着嗓子笑了一两声。艾格塔停下来顺口气。

那么,我们这就走吧,玛瑞卡说,我们该走了。她突然站了起来。

其他女人也纷纷从她们的挤奶桶上站起来。

等天黑了我们再上路呀,葛丽塔反对。

我们没时间等了,玛瑞卡说。她转向梅耶尔问:起火的事,是谁告诉你的?

梅耶尔不肯说是谁。

库普兄弟吗？奥婕问。

梅耶尔点点头。

库普兄弟在摩洛齐纳干什么？莎乐美问。

梅耶尔耸耸肩。

哼，我不相信库普兄弟说的火灾，莎乐美说，我想他们是在虚张声势，他们意识到有什么事发生了，就来激我们，好让我们行动起来，提前离开，然后被逮住。他们想成为英雄，莎乐美说，他们想当王。你们闻到浓烟了没有？天被熏黑了吗？牲口有没有急得团团转？苍蝇静止了吗？鸟儿聒噪了吗？梅耶尔的过敏加重了吗？不，她自问自答，什么都没发生。没有火灾这回事。

玛瑞卡转向奥婕。你和妮婕知道库普兄弟在摩洛齐纳吗？她问。

奥婕和妮婕不答。她们害怕地看向别处。

别跟我说你们跟他们说了我们计划离开，莎乐美道，天晓得你们到底怎么回事！

奥婕哭了起来。

这是一个失误，妮婕说，库普兄弟给我们喝了槲寄生伏特加，我们很兴奋。我们觉得自己很勇敢。我们很抱歉。非常抱歉。

奥婕流着泪说：库普兄弟不可能出卖我们的。他们不可能及时赶进城和男人们碰头，如果快马加鞭，单程也要七个小时。

我听说克沃提查有些男人有电话，梅耶尔表示。

但库普兄弟没有，妮婕说，他们要是有，就会显摆给我们看。

我清了清嗓子。就算库普兄弟有电话，我说，这里也没有信号。他们得爬上兹韦巴赫山山顶去接收信号。

你这是在说什么呢，奥古斯特？艾格塔问，哪种信号？

还没等我回答，梅耶尔就已经指出，无论如何这不是问题，因为摩洛齐纳的男人没有电话。

我再次举手发言，彼得斯有。

什么？哦不！葛丽塔说。

彼得斯有电话已经好几年了，我解释说，其他人下地干活儿时，他就拿它打游戏。

但仍然，艾格塔说，你说库普兄弟就算有电话，他们也得爬上兹韦巴赫山？

欧娜捂着腹部，脸色发白。

葛丽塔祈祷着。艾格塔在思考。

妮婕提高嗓门，坚持说，他们没有电话！要是他们有，他们会炫耀的。

女人们点头表示相信。

艾格塔说：这么说来，库普家的孩子正等着我们行动，然后策马进城，把我们离开的事向男人们通风报信，或者他们可能会亲自出马拦住我们。他们声称摩洛齐纳北边起了大火，以为这样就能逼我们往南走，往男人所在的城里走，这是个陷阱。

哦，欧娜道，那我们就厄运难逃了。

我们当然不会理睬关于火灾的鬼话，玛瑞卡说，那是不是真的，动物会告诉我们。我们要往北走，避开男人们。

可库普兄弟没准会来挡我们的道，不让我们走，葛丽塔说。

不可能，莎乐美说，那俩脑残怎么可能挡得了我们的道？！

他们有枪，梅耶尔说，他们有鞭子。

哈，我们也有，莎乐美说。

不，艾格塔说，我们当然没有。我们没有枪和鞭子。

225

好吧，我们有赶车鞭儿，但我们不会拿它去抽人。

葛丽塔说她甚至从来没有抽打过露丝和雪莉，而它们还是马呢。

艾格塔皱着眉头，厌烦地看着她说，若不是为了露丝和雪莉的安全，奥婕和妮婕也不至于为了取悦库普兄弟而轻贱自己，库普兄弟也不至于给奥婕和妮婕灌榭寄生伏特加，而奥婕和妮婕也不会因为酣醉而说漏嘴，说出女人们计划离开摩洛齐纳的事。

莎乐美说她能弄到几杆枪。或者奥古斯特能替女人们弄几杆枪来，她说，那就更好了。毕竟，他能搞来炸药。你能吗？她问我。

我张口结舌。我扯着头皮，头发掉落下来。

不，艾格塔再次说话，我们不要枪，不要鞭子。

我还有一个担心，玛瑞卡说，库普兄弟没准会纠集克沃提查和希亚克耶克的男人来帮他们，一起阻拦我们上路。

葛丽塔对此不屑一顾。克沃提查和希亚克耶克的男人，她说，对摩洛齐纳的女人没有兴趣，只对他们自己的女人有兴趣。如果我们走掉了，他们会认为自己赢过了摩洛齐纳的男人。他们会得意上好几代人。

女人们齐齐郑重地点头。

那么，克沃提查的库普兄弟为什么有这么大兴趣来阻挠摩洛齐纳的女人离开？莎乐美问，这对他们来说又有什么干系？她将目光投向妮婕和奥婕。

妮婕说：因为他们想娶我们。

莎乐美从挤奶桶上站起来。你不会嫁给库普家的孩子，或者任何一个克沃提查人，就是这样，她对妮婕说。

奥婕辩解道：为了淘汰畸形儿，克沃提查的男孩和女孩被禁止互相结为夫妻已经五年了。所以克沃提查的男孩要去摩洛齐纳和希亚克耶克求亲娶妻。这是库普兄弟告诉我们的。

我想嫁谁就嫁谁，妮婕说。

莎乐美的鼻孔张大了。这么说来，她说，克沃提查和希亚克耶克的男人对摩洛齐纳的女人终究还是有兴趣的。我们绝不能让他们看见我们离开。城市在摩洛齐纳的南边。克沃提查在西边，希亚克耶克在东边。我们往北走。

※

奈蒂/梅尔文此刻爬上梯子，来到了阁楼。她站在女人们面前，一言不发。艾格塔乞求她开口，告诉我们地面的情况。

奈蒂盯着窗户说，小孩子们（她用了"娃儿们"一词）已经准备好了。他们收拾干净了。他们的替换衣裳在木桶里。巾被在木桶里。靴子在木桶里。帽子在盒子里。肚子也给喂饱了。

谢谢你，梅尔文，艾格塔说。第一次听到她的新名字被人称呼，梅尔文一百年来第一次笑了。她朝着敞开的窗户微笑，同摩洛齐纳的阳光无言地交流，现在那阳光是她的了。

葛丽塔问梅尔文，科尼利厄斯是否也准备就绪，他的轮椅打包好了吗？梅尔文对着窗户回答：科尼利厄斯终究不会和我们一起走了。他母亲在"什么都不做"那一派的阵营里，科尼利厄斯别无选择，只得留在她身边。

奥婕和妮婕皱起眉头，唉声叹气。摩洛齐纳所有的年轻人，尤其是女孩们，都喜欢科尼利厄斯，喜欢他的笑话和诙谐小品，还有他的创造力。科尼利厄斯和他的母亲也许会改变主意，艾格塔宽慰年轻姑娘们说，没准他们会在别处与我们会合。

不，玛瑞卡说，那不对头，不可能。等男人们一回来，就没有一个女人走得了了。

她转向奥婕和妮婕。你们有朝一日会在天堂和科尼利厄斯重逢的，她说，到那时，他就能走路了。他会跑进你们的怀抱。

年轻姑娘们犹疑地点点头。（我推测，把科尼利厄斯拥在怀里并不是她们曾设想过的场景。）

艾格塔将双手撑在桌上。梅尔文，她问，你也准备好上路了吗？

梅尔文没有回答。女人们等待着。

不，最终梅尔文说，我还没准备好。

女人们发出惊讶的嘘声，有些人看起来想要说话。

接着梅尔文说：但我和你们一起走。

女人们微笑着松了一口气。葛丽塔道：是啊，说到底，我们有谁能说准备好了呢？

我就能，莎乐美说。

梅尔文，艾格塔道，请你回到孩子们身边，和他们一起去学堂旁边的空地上等着。

她嘱咐梅尔文召集孩子们玩一些游戏，比如"飞翔的荷兰人"，并且留意田间的牛道。其他女人在出摩洛齐纳时，会去那儿找他们。我们至少会有十驾马车、十组马儿，艾格塔说。

包括露丝和雪莉，葛丽塔跟着说。

该死的，母亲，行行好吧，玛瑞卡说。（欧娜和我浅浅地交换了一下眼神。我想她和我一样，对这冲动的言辞感到惊愕。但葛丽塔只是微微闭上眼睛、努努下巴而已。）

我们当中最强壮的人，艾格塔道，得和其他牲口一起贴着马车走，包括当驮骡来使的马驹，如果孩子们不安分，喜欢往前冲，也带着他们一起。

欧娜听后笑了，重复着她的话：往前冲。

梅尔文点点头。然后她对莎乐美说：你儿子阿伦失踪了。

莎乐美看看梅尔文，又看看其他女人。她站了起来。什么？她说，你什么意思？

他没来夏季厨房和其他孩子一起吃午饭，梅尔文说。

但这并不意味着他失踪了，莎乐美道。她走到窗前。我叫阿伦去把马队准备好，她告诉我们，给马喂水，剔掉鞍毯上的毛刺，擦干净马蹄子。所以他准是在哪个马厩里，她说，他没有失踪。

梅尔文对着窗户说话了。

我听不清她在说什么。

莎乐美一把拉住梅尔文的胳膊。直接对我说，她强调，别对着窗户。我不会伤害你。我不是你的敌人！

但梅尔文被莎乐美吓着了，她往后退缩。

你必须冷静下来，艾格塔告诉莎乐美。她转向梅尔文。你很安全，她说，会找到阿伦的。

但我们现在，马上，就要上路了，莎乐美说，没有他我不会走的。

玛瑞卡按捺不住地指出，刚才莎乐美还振振有词地说她已经准备好离开了。

我们都要丢下家人，玛瑞卡说，这很悲哀，这很难挨，为什么要给莎乐美特殊的待遇，单单允许她使性子、发脾气？

莎乐美正在爬下梯子。

梅尔文再一次冲着窗户低语。一些孩子告诉我，阿伦不想走，她说，他觉得和一帮孩子及女人为伍很傻。

莎乐美下至梯子底端，接近谷仓的地板了。她从中间的梯级往下跳。我们听见砰的一声。

莎乐美，艾格塔喊，回来！

欧娜往下朝莎乐美喊。会找到阿伦的，她说，他终究会跟我们一起走的，一定。

梅尔文还在窗前。她告诉我们莎乐美正在奔跑,她的裙裾在身后飘飞,她在风中弓着身子,脚下扬起尘土。

我们千万要冷静,艾格塔苦苦乞求女人们。莎乐美会回来的,她说,她会找到阿伦,说服他离开。梅尔文,你现在就回孩子们那儿,把他们领到空地上去玩游戏。

但是,如果她说不动阿伦呢?欧娜问,如果他不走,她就不会跟我们一起走。米帕怎么办?

艾格塔点点头。我们碰上了麻烦,她承认,让我想一想。

欧娜说:也许莎乐美会同意让我带走米帕,当她的临时监护人。

我的字迹开始在纸上潦草不清。

女人们说得太快,我跟不上记了。她们在计划。清单对我们来说没用,艾格塔对我说,不过我还是要尽量记下,尽可能多地列出清单,年纪大一点儿的男孩,比如阿伦,如果找得到他,如果他跟女人们一起走,他就可以把清单念给大家听。

什么清单?我问艾格塔。

善事的清单,她说,记忆的清单,计划的清单。只要你觉得是好的东西,就请你写下来。她呵呵笑起来。(我注意到，笑声之下，她的呼吸很局促、很费力。）

谢谢你付出的努力，奥古斯特，她说，约翰和莫尼加（这是我父母的名字，他们多年前被逐出教会，去世，失踪。这些故事说来话长，但对摩洛齐纳人来说并不陌生）会为你感到骄傲。愿神保佑你。

我泪流满面。好的，我会列一个清单。

女人们起身，准备离开阁楼。

艾格塔呼吸沉重，欧娜担忧地望着她。母亲，她说，这将是一段艰难、凶险的旅途。

艾格塔笑了。在我意料之中，她说。

这是耶和华所定的日子，她补充道，我们在其中要高兴欢喜！[1]

接着她柔声对欧娜说：我不会葬在摩洛齐纳。现在扶我上马车，我要死在路上。

欧娜笑了，但泪水涌上她的眼睛。

我几乎写不下去了。

女人们彼此搀扶，一个接一个地下了梯子。

奥古斯特怎么办？欧娜说。（注：这是我听到她说的

1　引自《旧约·诗篇》118:24。

最后一句话。)

我微笑,结巴,挥手。我多么可笑。

艾格塔最后一个下梯子。我站了起来。

艾格塔转过身来,朝我微笑。奥古斯特,她说,你不想娶我的欧娜吗?

我以微笑回应艾格塔。我别无所求,我说,这些年来,我曾多次向欧娜求婚。

而她总说不吗?艾格塔问。

我又微笑了一下,向欧娜呼喊:告诉你最后一件事,欧娜……我会永远爱你!

我听见欧娜的笑声,但我已经看不到她了。她要走了。

艾格塔往下爬,就快爬到梯子底端了。

她也爱你,奥古斯特,艾格塔说。她喘了口气。她爱每一个人。

※

没有这些女人,我该怎么活下去?

我的心会停止跳动。

我会尽力把关于欧娜的事教给男孩们。她会成为我的北极星，我的南十字星，我的南北东西，我的新闻，我的方向，我的地图和我的炸药，还有我的枪支。我要把欧娜的名字写在每一份备课教案的最上面。我想象着全世界所有门诺派聚居区的学堂里，当太阳渐渐隐去，悄悄溜到世界其他地方分享它的光与热，一切都属于每一个人，到了该做家务、吃晚餐、做祷告和歇息的时候，孩子们仍缠着老师要他再讲一个有关欧娜的故事，她从魔鬼的女儿变成了神最珍贵的孩子。摩洛齐纳的灵魂。

哪怕地狱之门也压不倒她。

当门诺派聚居区的长老和主教们宣讲扫罗王及其皈依的故事时，他们还会重述、援引和吟诵欧娜的故事，还有她凌乱的头发、脏脏的裙摆、轻快的笑声，对信息的酷爱（蜻蜓有六条腿但不会走路！），而那些信息，对欧娜，也许对摩洛齐纳的每个人而言，就像是梦，当一个人的梦成为大家的真理，当门诺·西蒙斯[1]狂热的幻景成为箴言，当彼得斯愤怒的诠释成为我们狭窄的道路；信息存在于那个我们不在其中，或不能在其中，或其实也许在其中的世

---

[1] 门诺派创始人。

界，但信息被阻隔着不让我们知道，真实的信息就获得了神话般的重要性，令人敬畏，它们是礼物，是秘密流传的读物，是货币，它们是圣餐、鲜血、禁忌。试想一下：胎儿能通过输送干细胞来修复他母亲受损的心脏或任何器官，甚至大脑；再听一听这个：两位患心脏衰弱的女人在生了儿子多年后，发现她们的心脏里含有男胎细胞衍生出来的细胞……因此，我不仅会援引欧娜对准确性的钟爱，也会讲述她对神秘之河和秘密游戏的热爱，还有她的包容、她的善、她未出世的孩子和修复和令人不安的梦境，她爱神秘，爱疯狂，爱往前冲，爱倾听和独处和朝星座举起拳头，爱屋顶和洗衣房和亮闪闪的眼睛——待故事扎根于此，残暴之行如火势渐弱渐去，终归于殄熄，那眼睛会闪闪发亮。

艾格塔把手伸上来，拍拍我的膝盖。我俯视着她，弯腰去触碰她的肩膀。她还在往下爬，却将一只手放在我的手里。我提醒她该用两只手抓紧梯子。

她让我留在阁楼上等莎乐美，她会回来找女人们。

告诉她，艾格塔道，我们在学堂后面集合。

阿伦怎么办？我说。

没有回答。女人们都已离开了阁楼。

※

<u>应艾格塔要求列的清单。</u>

太阳。

星辰。

挤奶桶。

分娩。

收成。

姓名。

声音。

窗户。

稻草。

弗林特。

房梁。

徒劳。

我的母亲。

我的父亲。

语言。

软组织。(它的韧性和重塑能力甚至可以保护硬组织——那刚性易折的人体骨骼。一座聚居区。往往以它不是什么来定义。我能听见玛瑞卡嘲讽的声音：你为什么这样说话，奥古斯特？）

　　一个梦。（梦见用一些石块堆垒的小房子，它能在一夜之间被拆卸，由货运马车拉走，去到另一处被重建，然后再被拆卸，但每拆卸一次，石块的白垩质就会被磨蚀一些，直到那些房子小得不再是房子。在我的梦里，欧娜被指定掌管这些房子，她似乎不断被卷入一场公众辩论，辩论这些房子是应该被修复、被保护，还是任其继续磨蚀，直至变作齑粉——它们的本质。如果这些房子造出来就是为了拆除，并非永久，且一次次被拆除后，它们终将化为尘土，那我们就不能随它们去吗？那就是造它们的本意呀。如果我们不希望我们的房子被磨蚀，那么我们务必，从一开始，就用不同的方式来筑造它们。不过我们肯定是无从保护那些从造出来就注定要消失的房子的。在我的梦里，一些参与公众辩论的人不赞同欧娜的观点。他们说，可这问题事关传承，或说事关一个遗址、一件文物、一处关于过去的实物印记啊。而欧娜，在我梦里，会清浅一笑，说，啊，可那是另一回事！）

　　苍蝇。

　　粪坨。

风。

女人们。

我的清单罗列着,不似清单[1]。清单(list)一词的词源:liste,来自中古英语,意为欲望。倾听(listen)一词亦源于此。

就在这时,我听到了说话声,还有爬梯子的声音。

年轻姑娘们,奥婕和妮婕,出现在阁楼上。她们看到我很惊讶。躲起来,赶快,她们说。

---

[1] 原文为 listless,意为无精打采的、没有活力的,这里应为双关。

六月七日

奥古斯特·艾普,会议之后

当我藏身于一捆干草中时：

库普兄弟来到了阁楼。他们的嗓音低沉、雄性、紧张、令人惊异。奥婕和妮婕同男孩们说着话，柔软，嬉笑，呼吸舒展。我卡在草捆当中，耳朵里塞满了稻草，不怎么听得清楚。男孩女孩们躺在了阁楼的一角，就在我藏身之处的对面，那节最低矮的梁橡下面。他们亲吻。女孩们咯咯笑。她们喃喃低语，叫男孩们闭上眼睛。之后就一片沉静了。我听不见。我看不见。然后，我听到一个熟悉的声音。是莎乐美。

我听见脚步声朝我而来。稻草从我脸前被拨开。我看到了莎乐美！

她叫我从草捆里出来。

我手脚并用，爬出草捆，生怕自己会撞见什么。

奥婕和妮婕站在莎乐美身边看着我。她们扯掉了沾在头发上的稻草。头发散乱而狂野。她们新潮地将头巾打了个结缠在手腕上，白袜子退至脚踝。她们背后躺着库普兄弟，一动不动，不知是睡着了还是死了。我看着莎乐美，想知道答案。

她告诉我她用颠茄喷雾弄昏了他们。她告诉我她吩咐女孩们,奥婕和妮婕,用亲热的约定勾引库普兄弟来到阁楼,并弄出很大的声响,那样她就能不被察觉地进入阁楼。她告诉我说库普兄弟现在可没法去城里通风报信了。

她让女孩们去学堂后面停着的马车上。是时候上路了。

女孩们怯怯地跟我挥手道别。别了,艾普先生,她们扭头说。她们爬下梯子,然后兴冲冲地大笑着跑开了,离开了谷仓,离开了摩洛齐纳。

阿伦在哪儿?我问莎乐美。

她跟我说她找到了他,他已经在马车上等着了。

你说动他离开了?我问她。

不,她说,我没有。我也给他喷了药。

我的眼睛瞪大了。我正要开口。

我必须这么做,莎乐美说,他不能留在这里。这就像我在夜里抱起一个熟睡的孩子,带他离开一栋着了火的房子。

是吗?我问,如果他改主意了呢?

莎乐美摇摇头。那时就太迟了,她说,我们已经离开啦。他得跟我走。他是我的孩子。

我点点头。她告诉我她还用喷雾对付了疤脸扬泽。

我必须这么做,她又说,她正打算进城给男人报信。

可她知道怎么去城里吗?我问她。

不,莎乐美说,当然不知道。

那就是瞎担心,我说,没有必要喷她。

但我害怕,莎乐美——我们的勇士,我们的队长——说。

我想告诉她,如果阿伦再次从她身边逃走,回到摩洛齐纳,我会看好他的。我会陪他一起走,就像我们口头预演过的那样。

但莎乐美要走了。她让我看好库普兄弟,确保他们在七八个小时内保持昏迷,好让女人们有充裕的时间走出摩洛齐纳。她递给我一只装有颠茄素的喷罐。

要是他们过早苏醒,就用这个对付,她说,可别让长老们知道你有这个。她笑了。

你在哪里找到这个的?我问她。

她告诉我,它一直藏在彼得斯的奶牛棚里。

彼得斯的棚子?我问。(彼得斯是颠茄喷雾的保管人,这是好是坏?)

莎乐美转身朝梯子走去。

别了,奥古斯特,她说。

我请求她等一等。我走向她。我将一只手搭在她胳膊肘上方肉多的部分。她没有退缩。她注视着我。

请照顾好欧娜和她的孩子,我说。

莎乐美点点头,保证她会的。欧娜是她的姐姐,她的血亲,那孩子也是。

她开始顺着梯子往下爬。我们真得抓紧了,她说。

但你们不是逃跑,我说,你们不是老鼠,正窜出一座火烧的房子。她又笑了。

不错,她说,我们选择了离开。

但阿伦没有,我想说。莎乐美,我唤她。

又怎么了,奥古斯特?你没看出来我铁了心要走吗?她笑了。

别回来,我说,你们都永远不要回来。

她又笑了。她点点头,跟我说她会想我的,要我做个好老师,还说我头发上沾着稻草。

哦!等等!我对她说。

奥古斯特!她生气地喊。

我奔向桌子,那块夹板前,拿起我的笔记本,会议记录,跑回梯子旁。

请把这个交给欧娜，我说。

可你知道她读不了，莎乐美说，她拿了派什么用场？点火？

她的孩子会读它们，我说，告诉她保管好，别用来点火。

莎乐美又笑了起来。我还不曾意识到她是这么爱笑，像她的母亲，像摩洛齐纳所有的女人。她们把呼吸都省下用来笑了。

除非我们找不到别的东西来点火，莎乐美说。

是了，我说，除非是这样。而我想，用来点火取暖的会议记录，会把生命带给女人们，就如同她们把生命带给了我。那些字句是微不足道的，一纸空文而已。生命是唯一的要事。迁徙，流动，自由。我们要保护我们的孩子，我们要思考。我们要守住信仰。我们要世界。我们想要世界吗？倘若我置身于世界之外，我的生活在它之外，它在我的生活之外；要是我的生活不在这世界里，那么世界又有何用？用来教授？如果不教授这世界，那又教什么？

有那么一瞬间，我怀疑库普兄弟是不是说了实情，也许摩洛齐纳北边确实起了大火。他们没准比牲口更早得到了风声，知道了一些动物还没察觉到的事情。如果大火在北边，男人们在南边、在城里，而东边和西边又有克沃提查和希亚克耶克的窥视，那么，女人们的出路在何方？

然而，北方断不可能有大火。眼下我必须等待库普兄弟恢复知觉，才能知道火情是真是假。

我们会再见的，我对莎乐美说。这是我们传统的道别之辞。

我们会再见的，她对我说。

莎乐美拿着笔记本。她爬下了梯子。

我走到窗前，目送她从谷仓奔跑着远去。我能依稀望见学堂后面排列着的马车队伍。

※

当我等待库普兄弟苏醒时：

女人们离开后，我原本也打算离开。我打算自我了结。然而，我发现自己要照看库普兄弟，确保他们一直昏睡，直到女人们走得足够远。

刚才，我朝兄弟俩其中一个的脸上喷了些颠茄素，是那个个子大一些的、名叫乔伦——还是西比的。那个大一点儿的男孩在睡梦中叫了起来，还动了动腿，像是准备站起来。这会儿他安静了。

兄弟俩呼吸均匀、深沉,他们的脸色很好,很健康,脉搏也平稳。我扳过他俩的身体,让他们侧躺,以免呕吐时呛到自己。我将他们的脑袋略微抬起,抓了把稻草垫在下面。他们的手长满茧子,结实有力,握成祷告的姿势,指尖点着下巴。显然这两个男孩都还没用过剃须刀。他们面对面,彼此当然毫无所知,两人离得那样近,看上去相似得惊人。也许他们是双胞胎?虽然那个叫乔伦还是西比的,明显比另一个体格更大、更高、更壮。他的脚也更大,至少从他的牛仔靴来看是这样。乔伦,我们姑且这么叫他,已经解开了他的皮带搭扣和几颗裤子纽扣。我替他扣上他的纽扣和皮带搭扣。西比的衬衫下摆也松垮了。我也替他理了理。

多么安静的阁楼啊。女人们已经走了。我站在窗前目送她们离开。我想,我回到摩洛齐纳是把它当作最后一条生路,是为了寻求安宁,寻找自我的意义,而女人们离开摩洛齐纳,也是出于同样的原因。

就在她们刚要启程的时候,队伍前头发生了一些骚动。其中一匹马——恐怕不是露丝也不是雪莉,它们太老太胆小,不至于这么闹腾——跃起前蹄,将车轴转成一个直角，弄得队伍无法行进。车轴得重新调整，还得镇住马儿。但那都过去了，马队和车，至少十二乘，也许更多，满载着女人、孩子和补给品，排成队伍。他们离得很远，至少两百米开外，我辨不清那些脸庞和身影。

一开始，我以为我听到女人们唱歌了，但接着就纠正了自己的想法，我知道女人们不会做任何引人注意的事，此刻不会，或许永远都不会。那只是风在厄内斯特·泰森谷仓外的高草丛间吹弄出的呼啸声，不是歌声，不是欧娜那清亮、高亢的女高音正婉转飞扬。也许它的确是歌声，但只存在于我的想象中，或记忆里。

我站在窗前。是不是有一张脸从车队第四辆马车前护栏那里探出来，并举起一只手挥别？

我有枪。我一直都有。当莎乐美——还是玛瑞卡？——问我女人们是否有枪时，我本可以提出把枪给她们，但我保持了沉默。自私。为什么在我们奄奄待毙的语言里不存在"救赎"这个词？我真希望自己把枪给了她们。艾格塔、葛丽塔、欧娜还有年轻姑娘们可能不会接过枪，但莎乐美、梅耶尔甚至玛瑞卡可能会被说服。

两天前，当我在欧娜家和我寄宿的棚屋之间的土路上遇见欧娜时，我也带着枪，就捏在手里。阴影越来越长，我们一边说着话，一边跟着夕阳移动，就像我先前提到过的，那时我想问，但没问出口的问题是，欧娜她是否认为我的模样让人想到邪恶。在那之前，我哭着在摩洛齐纳外的田野里彷徨，下定决心要在那天一枪了结自己。当我在路上看见欧娜时，我想逃跑，或把枪扔进玉米地里，可我却愣在原地，呆呆地看着她走近我。

她微笑着，走过来时轻灵得几乎脚不沾地，一边挥着手。我们面对面时，她问我去哪儿，在做什么，我告诉她，不去哪儿，不做什么。她问我是不是去打猎。我说不，不是去打猎。我瞥了一眼枪说，哦，这个，我正要把它还回合作社。

可你为什么会有这把枪呢？她问我。

我看着她的眼睛，凝视着。她敛起笑。我们沉默了。

她欲言又止。我垂下头。我不想让她看到我又一次哭了。她牵起我的手，我们一起跨出周身的阴影，迈进夕阳里。她将我的手放在她怀孕的肚子上，仿佛能读懂我的心思一样告诉我，她一直在为我祈祷，祈祷我找到神的恩典，我的模样让人想到善，想到希望，想到暴力之后的生命。她指的是我的母亲，还有我的父亲——不是把我养育长大之后失踪的那个男人，而是彼得斯，年轻的那个。

我父亲被逐出教会并不是因为他把米开朗琪罗的画作照片给聚居区成员传阅,我母亲被驱逐也不是因为她在仓房挤奶时办了秘密学堂。我们被送走的原因是,在我十二岁即将成年的时候,我的长相变得与彼得斯惊人地相似,在聚居区,或至少在彼得斯看来,我成了一个象征,象征着耻辱、暴力和不为人知的罪恶,象征着门诺派实验的失败。

那是真的吗?可能吗?邪恶在哪里?在外部世界还是内部世界?在黑海宁静的海面上,还是在其下方流动的神秘暗河里,暗河保存了一切,仅仅是因为那里没有空气,没有呼吸。没有动静。没有生命。

小时候在英格兰时,我母亲得到了图书馆的一份工作。我们相依为命。我父亲出走了,他自己开车到机场,把车留在了停车场。他有一千年没合眼熟睡过了。他登上了一架飞机。

母亲从图书馆带书回家。书回了家,父亲却飞走了。母亲向我解释说,法国作家,曾一度被叫作"弗洛伯特"[1]

---

[1] 此处指法国发明家 Louis-Nicolas Flobert (1819–1894),他于 1845 年发明了凸缘式底火金属弹头,这是火器弹药的一项重大创新。此后多种枪支、弹头以 Flobert 命名。作家 Flaubert 和弹头发明家 Flobert 读音近似。

的福楼拜，十五岁时写过一则题为《狂暴与无能》[1]的短篇小说。她先是用法语念给我听，再用英语，两种语言都念得磕磕巴巴的，充满像留白一样的停顿，因为这两种语言都不是她的语言——不是她和我过去用来分享秘密的已荒弃的那种语言……福楼拜梦想的是坟墓中的爱情。但梦消散了，坟墓还在。那是福楼拜的故事，或许，也是摩洛齐纳门诺会信徒的故事。

现在——或者当时也是，但我未曾察觉——想到我是如何背诵（哦，我为什么要用"背诵"这个词，那么一本正经，那么滑稽），如何沉浸在对母亲的记忆里，向我的狱友们重复那些话，福楼拜的话，爱和死亡的话，关于一场梦的死去，也许没有死去，我就觉得很可笑。我说完后，我的一块头皮被残忍地掀掉，就是我疯狂抓挠的那处，抓挠着就好像我在寻找什么东西的根源，我失落的东西，一阵剧烈的痛。为什么对爱的述说，对爱的记忆，对失去的爱的回忆，爱的承诺，爱的终结，爱的缺失，灼烧着的、对被爱的强烈需求，对爱人的强烈需求，会招致如此多的暴力？

---

[1] 小说题为 *Rage and Impotence*。Impotence 指无能、无力，特指性无能、阳痿。

摩洛齐纳。

欧娜把我的手放在她的肚子上，直到我感觉到她体内的生命，我笑了。为什么彼得斯容许我回到聚居区？为什么图书馆馆员建议我回到摩洛齐纳？在阁楼里，女人们教会了我，意识即为抗争，信仰就是行动，时间已所剩无几。但信仰是否也可以是回归、留驻和侍奉呢？

那个掉转犁耙方向，再度横穿他曾垒起的田垄的人，也是在侍奉。

彼得斯内心是否也有一处微小但生命攸关、灼烧不休的部分，意图寻求和解？难道我不能承认这一点吗？即便这并不真是彼得斯生命攸关、灼烧不休的部分，而仅仅是一簇余火微燃的灰烬，难道我不能期盼它旺盛起来吗？在这种情况下，难道我不该在此地，在摩洛齐纳，以我的模样向人们昭示神的恩典，而非邪恶？

我不知道。我只知道一个事实，就是我活着，教授基本的读、写、算术，组织"飞翔的荷兰人"游戏，要比我脑瓜吃一粒枪子儿、横尸旷野更有用处。欧娜一直都知道这一点。她跟我说她有一事相求，她需要我为女人们的会议做记录。我起初犹疑不决，但我能找什么借口推脱呢？我该怎么跟她说呢？说很遗憾，我抽不开身来做会议记录,因为我要一枪崩了自己的脑袋?

我现在明白了,我正是这样告诉她的,用我的目光,我的沉默,还有枪。(特别是这枪。)

我问她,如果女人们无法阅读,那么会议记录对她和其他女人有什么意义呢?(当然她其实可以反问我,如果你不在这个世界上,活着又有什么意义呢?)

也就是在那时,她给我讲了松鼠、兔子和它们的秘密游戏,并说,或许她本不该看见它们玩耍——可她却看见它们了。也许没有理由让女人们拥有她们没法阅读的会议记录。一直以来,计划就是让我带着它们。

用意就是让我带着它们,会议记录。生命。

我微笑着。我看见世界回环涌流,如浪如涛,只是没有大海或海岸来承纳它。会议记录本无意义。我不得不笑。

我站在窗前,嗅着空气中烟味的蛛丝马迹,但没有;或者有,但我无法察觉。

女人们是不是正策马扬鞭,冲进一场熊熊烈火?

我望着沉睡的,确切地说是不省人事的男孩们,无声地恳求他们向我道出真相。

致 谢

在此我要感谢三位女性,没有她们,就不会有此书:我的编辑琳·亨利(Lynn Henry),我的经纪人莎拉·查尔凡特(Sarah Chalfant);以及我的母亲埃尔维拉·泰维兹(Elvira Toews)。

同时,我还希望向全世界生活在父权制独裁(门诺派和非门诺派)社区的女孩和女人们致意。爱和团结与你同在。

图书在版编目（CIP）数据

女人们的谈话 /（加）米莉亚姆·泰维兹著；卢肖慧译. -- 长沙：湖南文艺出版社，2025. 1. -- ISBN 978-7-5726-2167-3

Ⅰ. I711.45

中国国家版本馆CIP数据核字第2024SY6521号

WOMEN TALKING
Copyright © 2018, Miriam Toews
All rights reserved
Simplified Chinese edition copyright © 2025 Shanghai Insight Media Co.,
All rights reserved

著作权合同登记号：18-2021-287

女 人 们 的 谈 话
NÜRENMEN DE TANHUA
[加] 米莉亚姆·泰维兹 著 卢肖慧 译

出 版 人	陈新文
出 品 人	陈 垦
出 品 方	中南出版传媒集团股份有限公司
	上海浦睿文化传播有限公司
	上海市静安区万航渡路888号开开大厦15楼A座（200042）
责任编辑	吕苗莉
装帧设计	孟小尚
责任印制	王 磊
出版发行	湖南文艺出版社
	长沙市雨花区东二环一段508号（410014）
网　　址	www.hnwy.net
经　　销	湖南省新华书店
印　　刷	河北鹏润印刷有限公司

开本：825mm×1120mm　1/32　　印张：8.5　　字数：136千字
版次：2025年1月第1版　　印次：2025年1月第1次印刷
书号：ISBN 978-7-5726-2167-3　　定价：56.00元

版权专有，未经本社许可，不得翻印。
如发现印装质量问题，请联系出版方：021-60455819

浦睿文化
INSIGHT MEDIA

出 品 人：陈 垦
出版统筹：胡 萍
策 划 人：普 照
监   制：余 西
编   辑：钱 劼
封面设计：孟小尚
内文版式：祝小慧
营销编辑：哈 哈

欢迎出版合作，请邮件联系：insight@prshanghai.com
微信公众号：浦睿文化